MEIER
MIT
Y

Patricia Görg

MEIER MIT Y

Ein Jahreslauf

BERLIN VERLAG

Umschlaggestaltung: Nina Rothfos & Patrick Gabler, Hamburg
Typographie: Birgit Thiel, Berlin
Gesetzt aus der Bembo durch Greiner & Reichel, Köln
Druck & Bindung: Druckerei Pustet, Regensburg
Printed in Germany
ISBN 978-3-8270-0779-7

www.berlinverlage.de

Sag mir, was hast du getan,
blinder verlorener Geizhals?
Antworte mir, wenn du kannst,
doch sage mehr als nur »Nichts«.
Dante Alighieri, »Canzone«

JANUAR

Auch Meyer wünscht sich Tage, die grußlos Glück beherbergen. Er steht an einer Freien Tankstelle, entriegelt die Zapfpistole und schaut aus gebückter Haltung auf die angezeigten Zahlen. Zu Hause hat er per Umwegrechner herausgefunden, wo der Sprit am günstigsten ist: hier. Hinter ihm warten andere, im Leerlauf. Ruhige Büsten, auf Sitzen festgeschnallt, Torsi, auf die Licht scheint. Was ist erreicht? Ein runder Betrag. Meyer kämpft mit dem Tankdeckel. Verkantet er, muß Meyer beim nächsten Tanken mehr Kraft aufwenden, muß, weil dann auch die kleine Tür klemmt, hinter der sich der Deckel oft verkantet, weit in den Kofferraum hinein und dort unter der Schmutzmatte nach einem Hebel tasten, mit dem er von innen die Sperre der Tankdeckeltür löst – bis zum nächsten Mal, obwohl er hofft, daß es ein solches nächstes Mal nicht geben wird. Die Gewinde greifen ineinander. Meyer dreht sich im Gehen kurz um, memoriert die auf der Zapfsäule erstarrte Summe. Reißt unsere Erde entzwei?, fragt eine Schlagzeile, während er unterwegs ist zur Kasse.

Sammeln Sie Punkte? Er nickt. Hat er genug zusammen, tauscht er sie gegen die Taschenlampe, die bei einer nächtlichen Panne, wenn er neben seinem panisch aufgerissenen

Kofferraum steht und aus der Finsternis die Kette der nachfolgenden Scheinwerfer kommen sieht, alle warnt. Meyer kann sich durchaus vorstellen liegenzubleiben. Morgens, sofort nach dem Aufwachen, tastet er seinen inneren Horizont ab, findet Schlieren, die überallhin mitwandern – ungreifbaren Schattendruck auf seinem Leben. Er bezahlt. Als er weiterfährt zum Selbstbedienungssauger, rücken die anderen an der Zapfinsel nach. Öffnen Türen, steigen aus, füllen luftblasenloses Benzin in den Tank. Meyer saugt für den Gegenwert einer Münze seinen Wagen. Bitte keine weiteren Abnutzungen! Verschleiß, Kratzer, Scheuerstellen zehren an ihm, Unachtsamkeit läßt ihn nicht los. Rückwärts kommt er wieder zum Vorschein. Er hängt den Staubsaugerschlauch zurück in die Halterung. Die Tankstelle überdacht Meyer, der verstohlen an sich herabblickt, um zu überprüfen, ob seine Sachen sauber sind. Der Wagen ist soweit in Ordnung, zieht aus der Servicebucht, mit Meyer am Steuer, einer ruhigen Büste, auf ihrem Sitz festgeschnallt.

Wohin? Ihm ist vieles fremd. Das Autoradio bringt Schlager, die ihm nichts bedeuten. Aufdringlich falsettierend klagen Sänger, ihre Freiheit sei wie eine Küste, begraben unter Sand, modulieren diese Klage immer weiter die Tonleiter hinauf, unterbrochen von der Durchsage, wo der Verkehr sich staut wegen eines abgefallenen Auspuffs. Meyer hat die Straße im Blick. Am Rand seines Gesichtsfelds baumelt ein Maskottchen, nickt zu dem Weg, der im Rückspiegel schon als Vergangenheit flüchtet. Schilder verbieten das Abbiegen. Er fährt so, daß er bei seinem Durchschnittsverbrauch bleibt. Er kuppelt ein und aus. Das Gebläse wälzt angewärmte Luft ins Wageninnere. Meyer muß bremsen. Vor ihm Stau, wahrscheinlich wegen des abgefallenen Auspuffs. Genervte in ihren Gurten, während sie vor dem angekündigten Hindernis warten, daß es sich auflöst, und dabei selbst immer mehr zum Hindernis werden. Er steigt aus, überblickt die Schlange. Menschenleerer Auflauf. Auspuffwolken, zäh über dem Boden. Das Vibrato der Motoren, die sich auch im Stand warmhalten. Mit diesem oder jenem Auto liebäugelt er angesichts von Hubraum und Schadenfreiheitsklasse, weiß genau, welche Belastungen auf ihn zukämen, wenn er sich für dieses Modell entschiede. Pfarrer Schmiege, Meyers Fernseher bewohnend, hatte kürzlich einen Gast, der bei sich zu Hause die Ordner durchgesehen und dabei jede Menge Unerträgliches gefunden hat. Versicherungen, die zuviel nehmen. Falsche Einstufungen. Wucher?, fragte der Pfarrer und bohrte sich damit in Meyers Seele. Jetzt rekapituliert er Schmieges Ratschläge.

Ein Rettungsfahrzeug bahnt sich seinen Weg. Bereitwillig bilden alle eine Gasse. Der Stillstand blinkt, illuminiert von rotierenden Signalen auf dieser und jener Windschutzscheibe, spiegelt momentlang Bewegung wider. Weiter vorn, unsichtbar, wird Erste Hilfe geleistet.

Die Schlange gibt es nicht mehr. Sie ist wieder in ihre einzelnen Glieder zerfallen, eins davon ist Meyer. An der Unfallstelle hat er im Vorbeifahren den Kopf gedreht, hat versucht, soviel wie möglich zu sehen von dem, was als Schicksal ungreifbar aufgehäuft neben der Fahrbahn liegt: zwei kaputte Karosserien. Gestauchtes Blech, Glassplitter, ausgelaufenes Öl. Feuerwehrleute spritzen die Straße sauber. Eine falsche Sekunde hat genügt, um in den totalen Wertverlust zu führen. Kurz spürt Meyer das Nichts, obwohl er ein Lenkrad in Händen hält. Er beschleunigt unwillkürlich, so wie er unwillkürlich beschleunigt, wenn ihn einer überholen will. Im Rückspiegel werden die Feuerwehrleute kleiner.

Auf dem Asphalt Pfeile. Sie weisen ins Nachbarland, wo Meyer sich die Haare schneiden, die Brille neu machen, die Zähne reparieren lassen und volltanken will. Er ist praktisch. Gilt es, Richtpreise zu unterbieten, weiß er, wo das Leben sich so weit erniedrigt, daß es trotz seiner anderen Sorgen ein paar Geschenke verteilt an die, welche dafür etwas in Kauf nehmen – Warten zum Beispiel. Zeit hat er. Außerdem verjüngt ihn die Begegnung mit Preisen, die gewissermaßen noch nicht ausgewachsen, noch nicht flegelhaft sind. Zu ihnen fährt er, sei es auch eine ziemliche Strecke bis dorthin.

Er durchquert die ins Graphische ausgenüchterte Landschaft, ohne sich groß aufzuhalten. Im Himmel knistert Strom. Strich für Strich ragen Hochspannungsmasten auf, zwischen ihnen, unglaublich schwer, hängen vereiste Stahltrossen, sehen aus, als würden sie entzweireißen. Nutzlast gefrorener Tropfen drückt sie durch; sicher werden sie bald den Boden berühren. Da wurde etwas falsch berechnet, aber es sieht wahr aus, denn es erinnert an Zweige voll überreifem Obst, an eine vielbenutzte Wäscheleine, an auf- und abschwellende Wellen, und je länger es im Vorbeifahren dauert, desto mehr prägt sich das Schwingungsmuster ein, bringt einen Strom zum Fließen.

Er bremst ab und fährt rechts ran. Der Wagen holpert über harten Boden. Am Straßenrand hat Meyer ein handgemaltes Plakat entdeckt, auf dem eine Bratwurst und ein Heißgetränk locken, beide mit verschwörerisch-bescheidenen Gesichtern. Rast verspricht Heimat, mehrere Bissen lang. Vom Beifahrersitz greift er einen Beutel mit belegten Broten, die wegmüssen, kaut und beobachtet dabei die Imbißbude, vor der er zum Stehen gekommen ist. Eine Frau lebt in ihrem Inneren. Sie verkauft warme Mahlzeiten, und zum besseren Verständnis malt sie ihnen Augen und Münder auf. Nicht nur die Bratwurst grinst, auch das Heißgetränk strahlt Meyer entgegen zu durchaus annehmbaren Bedingungen. Er steigt aus. Legt abgezählte Münzen für einen Kaffee auf den Tresen. Während sie ihn bedient, lächelt die Verkäuferin ihn kurz an, worauf er, der erst recht und noch mehr reden würde, wenn sie nicht gelächelt hätte, nämlich um sie zum Lächeln zu bringen, von der Temperatur des Kaffees zu reden anfängt, ob sie es warm genug habe in ihrer Bude, und, ob sie es glauben würde oder nicht: Die Bratwurst wäre noch erheblich billiger auf der anderen Seite der Grenze. Aus Meyers Mund quillt ein Sprechnebel, weißer Dunst, der sich schwer verflüchtigt. Zwischen ihm und der Verkäuferin schwebt er umher, hüllt sie beide ein mit Bruchstücken, Stuhl, Tisch, Bett, Haus: kondensierte Sorgen, die den Nebel immer weiter anfüllen, während Meyer dabei aussieht wie einer, der Hunger hat. Die Brote mußten weg, darum nur einen Kaffee, sagt er. Ein Hund kommt hinter dem Imbiß hervor. Meyer betrachtet ihn mißtrauisch. Tiere sind so eine Sache. Entweder sie scheinen auf etwas zu warten, das außerhalb ihrer Reichweite liegt, oder sie schnappen nach allem, was sich bewegt, verbeißen sich womöglich sogar in ihn, obwohl er nichts für sie hat. Der Hund knurrt. Haustieren gibt Meyer manchmal menschlichen Kredit – dieses gehört nicht dazu. Die Frau hinter dem Tresen ruft. Beide Ohren des Hundes sind aufgerichtet. Er sieht aus wie ein Wolf. Meyer verabschiedet sich hastig, startet.

Zu vieles zieht Gesichter. Er kennt das: Je länger er hinschaut, desto stärker beginnen selbst Teppich- und Tapetenmuster zu grimassieren, zeigen Einbildungen, in denen er, ohne es wirklich zu wollen, lebendige Züge erkennt. Zungen hecheln, Schnauzen springen auf, Münder lächeln verführerisch aus dem Dunkel. Wie kurz vor dem Einschlafen häufen sich magische Fetzen auf dem Lampenschirm. Die Dinge können ihn trotzdem nicht übertölpeln. Er kennt ihren wahren Wert. Täuschungssicher memoriert er ihn, von einer Tabelle in seinem Kopf dazu gezwungen, in der er sämtliche je erfahrenen Preise bis zur zweiten Kommastelle mit durchfüttert, sie also in Fettschrift vor sich hat, wenn irgendeiner versucht, ihm etwas vorzumachen. Nicht mit ihm! Und doch betören ihn Teppich- und Tapetenmuster, Schattierungen, Flecken und Maserungen, drehen ihm lange Nasen. Woher bloß dieser Überschuß? Das Phantastische kriecht durch winzige Schlupflöcher, wächst sich aus zu Figuren, in die Meyer allerhand hineindeutet. Manchmal fragt er sich, welche Miene zu diesem Spiel paßt. Der Motor heult. Er schaltet höher.

Draußen stehen aufgegebene Industrieanlagen. Sie bevölkern das Grenzgebiet. Meyer sucht im Radio nach einem Sender, der Nachrichten bringt. Der Empfang ist schlecht: Rauschen, in dem Worte verwehen, Schlager, die einfache Sätze so oft wiederholen, bis sie nicht mehr stimmen. Er braucht keinen Zuspruch. Jeweils zur vollen Stunde will er die Wahrheit hören, bestünde sie auch aus lauter Katastrophen, worauf er ohnehin wartet. Peking, sagt ein Sprecher ernst. Der Sendersuchlauf ist zum Halt gekommen. Nach einem mehrtägigen Schneesturm in der inneren Mongolei sind den Hirtennomaden dort unzählige Schafe erfroren, viele davon aufrecht, als ob sie schlafen würden. Meyer sieht weiße Verklumpungen. Eine Kette von Buckeln ragt auf, vom Unglück an ihren jeweiligen Platz gezwungen, dort festgehalten und ausgekühlt. Aneinandergedrängt formen sie Inseln, letzte Erhebungen in der Not. Ihre immer undeutlicheren Konturen verlieren sich im Gestöber.

Es hupt. Beim Schäfchenzählen ist Meyer sekundenkurz eingenickt, hat den Bordstein gestreift. Er setzt sich energisch auf. Natürlich will er kein Geisterfahrer sein. Wo ist er? Die zusammenhanglosen Kuben der Häuser kommen ihm plötzlich so unbekannt vor, als siedelten hier Außerirdische. Ein beleuchteter aufgemalter Fußgänger überquert die Straße, armeschwenkend. Meyer geht mit der Geschwindigkeit runter. Er bewältigt gerade eine Ortsdurchfahrt. Es ist die letzte vor der Grenze.

Die Anwohner haben Mauern aus gegossenen Betonformteilen zur Straße hin aufgerichtet. Billig und haltbar schirmen sie gegen Transitreisende ab, geleiten Meyer wieder aus dem Ort hinaus. Er müßte mal pinkeln. Wo kann er sich hinstellen, ohne allzusehr aufzufallen? Kleingärten liegen vor einem Umspannwerk, jeweils abgetrennt durch halbhohe Mauern aus gegossenem Beton. Er biegt ab ins Gelände, hält vor einer der Mauern, steigt aus, geht auf sie zu. Dabei schätzt er, wie groß die einzelnen Parzellen sind. Was sie gekostet haben mögen. Die Gegend ist schlecht erschlossen. Trotzdem faßt Meyer den Grund ins Auge, als wolle er ihn besitzen. Er überlegt, wohin er sein Wochenendhäuschen bauen würde. Wohin mit Stuhl, Tisch, Bett, dem Grill und all den anderen Vergänglichkeiten? Er liebt die Natur. Er liebt ihre gute Luft und ihre schönen Aussichten. Die Kleingärten breiten sich vor ihm aus und geben das kühle Versprechen, etwas von dem, was er liebt, aufzuheben und zur passenden Zeit anzubieten.

Dann fährt er weiter. Das Maskottchen schaukelt am Rückspiegel, segnet seine Reise mit der Bewegung eines Weihrauchfäßchens, das ohne Weihrauch geschwenkt wird, bis es abrupt den Rhythmus wechselt und ausschwingt. Die nächste Schlange erwartet Meyer. Er macht aus Erfahrung den Motor aus. Auf zig Bahnen stauen sich die Autos, manche mit offenen Türen, mit heraushängenden Händen, in denen Zigaretten glimmen, mit ausgestiegenen Männern, die ihre Unterarme auf dem Autodach abstützen und in die Ferne starren, in der irgendwo, noch nicht zu sehen, die Grenzabfertigungsgebäude sein müssen. Dunst steigt aus Auspuffrohren auf, verteilt sich zwischen den Wartenden. Die Zigaretten werden kleiner. Heruntergekurbelte Fenster entlassen Musik, einfache Sätze wiederholend, bis sie nicht mehr stimmen. Staub sammelt sich auf Instrumentenkonsolen. Köpfe schauen nach vorn, lesen die immergleichen Nummernschilder. Die einzige Hoffnung ist, daß es vorwärts geht. Sie vibriert im Leerlauf. Füße schaben auf Schmutzmatten. Am Fahrbahnrand ein einzelner Schuh, umgekippt. Gräue füllt die Luft. Menschen öffnen Sicherheitsgurte und sitzen nun frei in Sesseln, die an einem stillstehenden Chassis befestigt sind, aschen aus Fenstern, schieben Gedanken hin und her wie Pastillen kurz vor der Auflösung, haben auf ihrem Schoß ihre eigene unmäßige, verwachsene Geduld, die immer schwerer wird.

Nur die Blasenschwachen brechen aus. Sie streben der Deckung eines sich seitlich erstreckenden Wäldchens zu, um sich dort zu erleichtern. Was sie brauchen, sind dicke Stämme. Ein Stamm ist gut, wenn er menschliche Notdurft deckt. Viele von ihnen bieten nicht nur Erleichterung, sondern sogar einen unerwarteten Parallelort, denn einander aus dem Weg gehend, zwischen Bäumen auf der Suche nach Bäumen unterwegs, dringen sie immer tiefer ein in deren Stammesgebiet – und verschwinden darin …

Für die Esche inmitten des Wäldchens ist Kurztag. Ihre Nächte sind lang. Rinde atmet verlangsamt, mißt von Sonnenunter- bis Sonnenaufgang das dunkle Intervall um sich herum, stellt fest: Zurückhaltung. Periode des Wartens. Ruhende Zellen. Wuchshemmstoffe in mattschwarzen Knospen, Blätter, winzig, zusammengeballt, rundum von schwärzlichen Schuppen bedeckt. Die kahle Esche. Starr, hoch ausgestreckt. Graugrün verschränkt in den Himmel, tragen ihre Zweige Schließfrüchte am äußersten Ende, ohne sie herzugeben. Nacktes Rascheln. Nüßchen, die ausharren. Ganze Büschel von ihnen, flach, braun, trocken, mit lang ausgezogenen zungenförmigen Flügeln, die schwirren, wenn Wind hineinfährt, aber am Platz bleiben, obwohl ihre Bestimmung ist, loszukommen, verdreht und verstreut zum Boden unterwegs – Fontänen des Zögerns. Dauergewebe. Hiergeblieben mangels Schlüsselreiz. Erst wenn sie genügend Kälte addiert hat, ist die Esche ihren alten Früchten nicht länger verbunden, trennt sich von ihnen, überwallt die Wunde mit Zellen, die nachdunkeln.

Bis dahin vergeht eine längsrissige, teilungs- und streckungslose Zeit. Träge Saftströme unter der Borke. Verholzt, wie abgestorben, unmerklich stoffwechselnd, die Esche, um sie herum abgeworfene Blätter. Ganz unten, an einem minderen Ast, hat sie sich um seinen Ansatz verdickt, um ihm Lebewohl zu sagen. Bei der nächsten Wind- oder Schneelast wird er genau dort, wo sie ihren Abschiedskragen aufwirft, abbrechen. An den höheren Zweigen, in Nüßchen verpackt, Samen in Keimruhe. Büschelweise angekündigte Fortpflanzung. Ausgesetzt. Einsilbig bewegt, unterirdisch tastend mit starken Händen, Konkurrent in einem Geflecht aus saugendem Haar: die Esche. Sie zählt Licht. Kapselt Bodenkrumen ein. Lebt ohne Ungeduld mehr als hundert Jahre, immer am gleichen Platz. Nimmt, was da ist, das Brauchbare, wandelt es in Masse um, die Schatten macht, Rauhreif auf ihr, Triebe und schlummernde Augen, verästelte Zielstrebigkeit, kreuz und quer anwachsend, bis sie ein Dach flicht, Totholz darunter, kalter Moder, besiedelt von phosphoreszierenden Pilzen. Gesichter schieben sich hinter Stämmen hervor, lauern voller Schattierungen, Flekken und Maserungen darauf, gesehen zu werden, schieben sich ins Bild, verblassen wieder, Nasen drehend, erstickt von sichelndem Rascheln. Schritte knacken. Das Wäldchen liegt voller Papiertaschentücher. Einige ausgetretene Pfade durchziehen es. Menschen erscheinen zwischen durchforsteten Bäumen, streben dem Waldrand zu, waren kurz im Freien, wollen nun zurück. Alle sind sie Halter eines Wagens. Hinter ihnen, im Gelände aus Stolperwurzeln und Namen, die sie nicht präsent haben, bleibt die Esche mit abwärts gebogenen, beharrlichen Früchten: Wintersteher ...

Meyer rollt, anfahrend und abbremsend, im Grenzgebiet. Schwer zu glauben, daß etwas so langsam geht. Schwer vor verschlagener Sprache und dunkler werdender Zuversicht kuppelt er ein und aus. Dieser Stau raubt ihm die ganze Zeit, die er eigentlich zu haben glaubte, dabei ist er dem Nachbarland schon nah genug, um dessen Schlagbäume zu sehen, dessen Uniformen, dessen Schilder, die er nicht versteht. Vages Unbehagen lähmt ihn, wenn er dort ist, wo er keinen Satz herausbringt, weil man nur fremde Wörter spricht. Sie sind nett drüben, aber in ihren Wäldern markieren matte Katzenaugen den Weg, und im Halbdunkel kauern jene, die auf solche wie Meyer warten, bewaffnet mit einem Magneten, der ihm den Besitz unter dem Hintern wegzieht, wenn er nicht aufpaßt. Natürlich schnellen auch ihre Hände vor, sind immer ausgestreckt, selbst wenn es anders aussieht, weil sie sich gerade verlegen am Kopf kratzen, bemüht, den radebrechenden Meyer zu verstehen. Er ist viel zu gutmütig, also mißtraut er zunächst mal grundsätzlich jedem. Ausgestreckte Hände fordern Trinkgeld, präsentieren getürkte

Rechnungen, sagen Guten Tag, um nicht mehr loszulassen – Wegelagerer eben, die glauben, einen von anderswo Stammenden vorführen zu können.

Aus dürrem Gebüsch springen Schwarzgekleidete auf Meyers Auto zu. Er verriegelt sofort die Türen. Fragwürdige Gesten umringen ihn: Halb unterwürfig, halb unnachgiebig stoßen sie vor, zeigen ihm in die Luft gestreckte Instrumente, bitten um die Erlaubnis, die sie sich nehmen, ignorieren seinen heftig geschüttelten Kopf. Junge, arbeitsscheue Gesichter beginnen vor Meyers Windschutzscheibe hin- und herzugleiten. Wasser klatscht gegen das Glas. Ein Schwamm wienert. Gummischaber ziehen die Sicht klar. Meyer ist entschlossen, nichts zu bezahlen für diesen Überfall. Eingeklemmt zwischen Vorder- und Hintermann, gibt es jedoch kein Entrinnen. Die Gesichter fordern Lohn. Er öffnet das Fenster einen Spaltbreit und reicht etwas heraus, denn am Ende schlagen sie ihm die Scheiben ein oder zerkratzen den Lack, wenn er nichts gibt, deshalb opfert er lieber eine Münze, schweigt aber tödlich dazu, als ob sie ihm auf der Zunge läge.

Das, was er sich mit seinen Händen aufgebaut hat, wächst nicht mehr, sondern droht zusammenzuschrumpfen. Alle greifen nach seiner Zuflucht, dieser sorgsam um die Beine geschlungenen Finanzdecke mit Karomuster, die er schon so lange im Gebrauch hat, daß sie allmählich armselig wirkt. Seine Hände auf ihr, wie auf vergilbtem Immergrün. Eine Leselampe spendet ihm Licht, und Meyer betrachtet Kalenderblätter: Naturansichten, schöne Ausschnitte, die er gern kennen würde. Fernen. Die Kette des unwiederholbar Vergangenen, normalerweise nicht spürbar, zeigt ihre Glieder. Manchmal blickt er heimlich durch den Feldstecher in benachbarte Wohnzimmer, sieht Fragmente, seltsam nah herangeholte Körperteile, stumme, bewegte Münder. Was er sieht, ist Überfluß. Lichter brennen, auch wenn niemand da ist, dem sie leuchten können, Fernseher laufen, ohne daß einer hinschaut. Ihm krampft sich das Herz zusammen.

Meyer wird abgefertigt. Er reicht seine Papiere hinaus. Der Führerschein lügt, offeriert sein junges Brustbild noch ohne Schatten und umherziehende Bedrängnis. Ein Beamter mustert diese beiden Meyers. Er erkennt, wie die Jahre mittels ihrer Maulwurfsgänge ein Gesicht verheeren, also nichts Besonderes. Haben Sie etwas zu verzollen? Die Stimme mit unsicherem Akzent, eine zu enge Uniform. Meyer bringt außer belegten Broten keine Güter über die Grenze, er ist ja kein Geschäftemacher. Diese Baracken hier könnten weiß Gott einen Anstrich vertragen. Sehr alte Gardinen hängen hinter dreckigen Scheiben. Nichts anderes war zu erwarten in dem Land, in dem die Haustüren nach außen aufgehen. Was heißt Guten Tag? Jetzt beginnt wieder die Nettigkeit aus Berechnung, Meyer umschwänzelnd, weil er Almosen in der Tasche hat. Eine zittrig aufgemalte Bratwurst und daneben einer dieser Preise, um derentwillen er alles auf sich nimmt, begrüßen ihn.

FEBRUAR

Peitschenknall! Geister treten auf, kündigen sich durch juchzendes Schellen an, zerratschen die stehende Luft, kitzeln den Boden, der lauter Echos gibt, toben heran, mal auf dem einen, mal auf dem anderen Bein, treiben es toll. Wie aus dem Wald hervorgeschossen kommen Charaktere, Hexen, Tiere, Riesen, Wildleute, und berennen den Tag, spiegeln sich im schwachen Licht der Morgendämmerung in den Fensterscheiben, tanzen, mit Stroh ausgestopft. Auf ihren Kleidern wippen Flecken, Federn, Felle, Spielkarten oder Schneckenhäuschen, und der Geist der Wandlung lebt in sie hineingeschlüpft, bleibt verstockt-verzaubert an seinem Platz, fletscht Reißzähne, schaut aus starren Augenhöhlen. Was sieht er? Meyer, dem kurz nach dem Aufstehen nichts Besseres einfällt, als in seinem Wohnzimmer sämtliche Glühbirnen gegen weniger wattstarke auszutauschen, damit das sinnlose Verströmen ein Ende hat. Die Geister werden immer mehr. Ringsum ist ihr Feixen in die Luft geschnitzt. Spielkarten und Schneckenhäuschen wippen. Bei einigen springt ein Hirsch quer über die Brust. Zusammen tragen sie einen abgehauenen Baum, auf dem elf Honoratioren in Sätteln sitzen, bevor sie ihn spottsingend mitten ins Zentrum stellen, dort aufrichten und unter Verrenkungen mit ihren Peitschen grüßen. Ziegenbockgemecker. Kreischen. Auf einen Schlag hat sich die Gewalt auf der Straße verteilt. Ihre Auswüchse gehen wuchernd ineinander über. Dicke Lippen und Scharfrichterhüte, Schnakenfühler, Schweinsblasen, rausgestreckte Zungen, Hörner, Prügel, Schellen. Auch ein Strunk ist da, Baumstumpf mit knotiger Miene, entlaufen, um hier mitzumachen, winkt gelb und zeigt, was in ihm steckt, ist unermüdlich auf den Beinen, verbrüdert sich mit Kröten und Fröschen. Tagesansager balancieren Laternen. Sonnenlöscher richten ihre Feuerwehrspritze auf den Himmel. Die Sterne taumeln, aufgemalt auf Gewändern. Ein uralter Vorrat an Schemen erscheint.

Noch im Dunkel, im Halbschlaf, inmitten verschwommener Zugehörigkeiten hat etwas Lücken gestanzt in Meyers Alptraum, in dem er Beton heranschleppte, um in seinem Vorgarten eine gewaltige Staumauer zu bauen, hat ihn gelöchert, sich stetig verstärkt, bis sich eine Melodie herausschälte, schön zum Marschieren und doch so schräg, daß sie gleichsam gutgelauntes Nachäffen von Marschieren war, blechbläserfröhlich, immer wieder die gleichen Löcher dekkelnd und öffnend, die Pauke dazu, die Meyer bis ins Schlüsselbein fuhr, all das näherkommend und ihn endgültig aus dem Reservoir seiner Träume holend. Er zog die Rolläden hoch. Draußen die Umrisse einer verwunschenen Kapelle, Wesen im Spielmannstritt, im Gleichschritt mit Musik, die nur Vorhut ist für den Dammbruch und den Peitschenknall.

Fratzen, nichts als Fratzen. Charaktere, Hexen, Tiere, Riesen und Wildleute machen sich im Halteverbot breit. Die lustigsten unter ihnen reißen den ersten verschlafenen Passanten die Hüte und Mützen vom Kopf, hänseln sie als Scheinreiter auf zweibeinigen Pferden oder auf rotbestrumpften Hähnen, während manches geparkte Auto nicht anspringt, weil seine Batterien sich über Nacht entladen haben. Das erbärmliche Jaulen der Anlasser geht im Kesseltreiben unter. Diejenigen, die wegfahren wollten, sitzen fest. Kopfwackelnde Polizisten werden an ihnen vorbeigetrieben. Schellenträger kommen, zwei Schritte vor, einen zurück, schütten in der frohen Tollwut ein Geräusch auf, das beklemmend anwächst, einen einzigen Rhythmus, der alles andere übertönt, weil er zwingt – mal auf dem einen, mal auf dem anderen Bein –, vor- und zurückzurucken, nebelspalterisch pendelnd wie die Zeit.

Meyer öffnet sein Wohnzimmerfenster. Er steht fast verborgen und späht hinaus. Was er sieht, gefällt ihm gar nicht: Alte Esel haben sich maskiert, um ihre kindischsten Wünsche auszuleben. Giezig, giezig, was ist der Narro giezig!, schreien die Zuschauer, und dann fliegen Bonbons durch die Luft, von denen viele, wie Meyer genau registriert, im Dreck landen, dort unbemerkt aufweichen, erheischt, aber überflüssig. Sie tanzen wie losgelassen, eine wüste Unruh, diese Narren, und enden doch bald wieder dort, von wo sie aufgebrochen sind, wären doch wohl klüger gleich geblieben. Wozu die Verkleidung? Wozu auffallen, geschützt hinter starrem Mund und starren Augenhöhlen? Meyer hält eine Glühbirne, die er neu einschrauben will, gegen das Tageslicht, überprüft, ob die Wendel intakt ist. Der Spuk auf der Straße wälzt sich unerschöpflich fort, hat im Hellerwerden noch mehr Gesichter, in denen Meyer nicht lesen will. Plötzlich kommt eine lange hölzerne Zunge ins Zimmer hereingeschnellt, entreißt Meyer die Glühbirne und ist schon wieder verschwunden. Unten auf der Straße klatschen sie. Zum zweiten Mal stößt diese Zunge vor, blitzschnell, will noch mehr packen, aber Meyer zuckt zurück, so daß die Streckschere, mit der sie in seinem Wohnzimmer auf Beutezug sind, ins Leere greift. Sie tastet zitternd umher. Ihre hölzernen Gelenke wackeln, während sie zuschnappt, wütend von ihm beiseite gefegt. Was soll der Jux? Er hat ihn eine funktionierende Glühbirne gekostet, die jetzt, das registriert er gerade, unten im Dreck liegt. Sollte er auf etwas treten, das noch in Ordnung ist, würde er scheuen, aber einer der Scheinreiter zertrampelt, ohne hinzusehen, was eigentlich Meyer gehört. Er flucht. Die da draußen sind ganz sie selbst, auch wenn sie sich hinter Brauchtum verstecken, um einmal ganz anders zu sein. Dicke Lippen, Scharfrichterhüte, Schnakenfühler, Schweinsblasen, Hörner, Prügel, Schellen. Wo sie durchkommen, bleibt nichts als Müll.

Hier wohnt unser kleines Licht!, hört Meyer durchs mittlerweile geschlossene Fenster. Johlen dringt herein. Vorsichtig stellt er sich so, daß er sieht, was draußen vorgeht. Direkt unter ihm haben sie ein Pult herangeschafft, an dem einer wild gestikuliert und Untaten aufzählt, dabei aufs geschlossene Fenster über ihm deutend. Besoffen von ihrer flüchtigen Macht, veranstalten Faxenmacher ein Rügegericht, schießen sich ausgerechnet auf Meyer ein, und der Ankläger hält mit spitzen Fingern die zerbrochene wattschwache Birne hoch, die eben noch im Dreck lag. Auf Sparflamme!, hört Meyer. Wer friert unter einer durchgescheuerten

Decke? Wer ißt seine eigenen Finger? Wer hat den dunkelsten Lampenschirm, die schmalsten Lippen, den ältesten Anzug, den er immer noch trägt? Er braucht nicht zu suchen, denn er hat so aufgeräumt, daß er sich selbst nicht finden wird! Hoppla, was sehen wir, wer hängt da schon zu lange kopfunter in einem windgezausten Baum, glotzt verkehrt in die Welt, begreift sie nicht? Arme Narrenmutter Eva, hier wohnt dein mißratenster Sohn. O weh, der Kümmerling! O weh, der zage glimmende Docht! Eine Spende, eine Spende!, glaubt Meyer zu verstehen. Gegen die Scheibe prallen Bonbons, fallen zurück. Jammerdünn ritzen Blechbläser die Luft mit ihrem Getöse. Sie pfeifen auf dem letzten Loch, schlängeln sich hin und her, aber dann kracht die Pauke, fährt Meyer ins Schlüsselbein, und das, was sich unten vor seinem Fenster zusammengeballt hat, gerät allmählich wieder in Bewegung. Lassen sie ab von ihm?

Meyer haßt die tollen Tage. Er wüßte zu gern, welcher Holzkopf ihm die Leviten lesen wollte, wer es war, der da mit ausgestrecktem Zeigefinger nach oben stocherte, ohne ihn zu treffen. Falsch sind sie sowieso alle, dazu brauchen sie keine fremde Grimasse, die sie sich vor die eigene binden, falsch, hintenrum, Schlawiner sind die Leute hier in der Gegend, und Meyer, dauerbetrogen, fühlt sich kaum zu Hause. Wo er herkommt, rahmte der blaue Schleier der Wegwarte die Straßen, rauschten die Flüsse sauber, hatten seine Freunde und er einen geheimen Platz, an dem sie das Oräkelchen hüteten – eine verbeulte Blechkiste voller Schätze. Natürlich sehnt Meyer sich nach dieser Heimat; trotzdem hält er sich aufrecht. Ein Blick aufs Außenthermometer zeigt ihm, was ihn erwartet. Er wird sich dick einmummeln müssen da draußen, weil er sich am Strohfeuer derber Späße nicht wärmen kann.

Sie nehmen ihn sofort in die Zange, als er die Straße betritt. Eingeklemmt zwischen dem knotigen Baumstrunk, der sich an ihn klammert und mit ihm zu verbrüdern sucht, und einem gebückten Weiblein, aus dessen Mund Eiszapfen wachsen, rudert er, kämpft um sein Gleichgewicht, um freizukommen. Direkt vor seiner Nase knallt eine Peitsche. Er muß im irren Rhythmus mit, zwei Schritte vor, einen zurück, obwohl er keine Schellen trägt und dadurch klanglos untergeht. Sein Gesicht inmitten dieses Ausbruchs, inmitten dieser Kette, in der Pflanzen, Tiere, Menschen und Geister ununterscheidbar sind, ist ein trauriger heller kleiner Fleck. Nichts ist wiederzuerkennen. Alle Geschäfte haben zu, alle Ampeln sind aus. Den Bürgersteig sprenkeln Bonbons und herabgefallene, vom Kopf gerissene Mützen. Hinter einer Litfaßsäule weggekrümmt, hustet die Normalität Blut ins Taschentuch, nimmt keine Notiz von Meyer, der zappelnd und bleich vorbeigeschoben wird. Hilfesuchend streckt er seine Arme nach ihr aus, weiß aber, daß es vergebens ist. Als Gefangener, als vorverdaute Beute in einem riesigen Magen muß er mit, und die Zuschauer beklatschen ihn wie die lokale Charaktermaske, die im Reigen gerade noch gefehlt hat. Sie sind sehr erheitert, ihn so zu sehen, untergehakt und zu seinem Unglück gepreßt. Diejenigen, die ihn im Würgegriff haben, werfen Kußhände; er sucht nach einem Ausweg. Dem Wahnsinn sind Tür und Tor geöffnet. Der Verkehr muß umgeleitet werden, Glühwein überschwemmt

Sprachzentren, sogenannte Wahrheitssager, deren Worte aus geschnitzten Mundlöchern hervorquellen, machen sich mit ihren Enthüllungen lächerlich. Es regiert der schlechte Witz. Meyer wußte noch nie, wie man sich in einer Menge benimmt, vor allem nicht, wenn sie außer Rand und Band, also nach bestimmten Regeln unterwegs ist. Weder in Fußballstadien noch zu Feuerwerken zieht es ihn; er lehnt höchstens am Fenster, hinter sich die richtiggehende Uhr und ein, zwei tanzende Partikel aus Staub. Jetzt reißt ihn der Umzug mit, hebt seine Füße zu widerwilligen Sprüngen, verwandelt ihn in jemand, der den Boden stampft, damit der aus seiner Starre aufwacht, will ihn im Rausch, aber Meyer bockt. Was bessert es, wenn man verrückt spielt? Als es ihm endlich gelingt, seitlich auszubrechen, bleibt er am Rand zurück, sofort vergessen.

An der nächsten Ampel, die nicht arbeitet, glitzern Tropfen. Pfützen spiegeln eine gefrorene Fabrik. Schartig schneidet Häuserzeile um Häuserzeile dieses Viertel vom Lärm ab, und Meyer schleicht sich davon, durch Ausfallstraßen in die Umgegend, in der erst niedrigere und dann gar keine Häuser mehr sind. Spazierwege zwischen Brachen und bräunliches Gras warten auf ihn. Das Naherholungsgebiet. Es ist leer. Seine Fäuste in den Manteltaschen lockern sich. Zwei Schwäne überfliegen ihn, mit singenden Flügeln. Sie versuchen, auf dem Kanal zu landen, der jetzt seinen Weg kreuzt, rutschen aber lange auf der Eisfläche, bevor sie zum Halt kommen. Neben ihnen zu gehen, unter kahlen Bäumen, wäre vielleicht das Naheliegendste, um sich zu erholen. Meyer lebt in einer großen, geschäftigen Ebene, in der

Güterzüge rollen und Windräder ihre Rotoren drehen. Er lebt in einer Ebene, auf der wie ein Zwang das Faktische liegt, einmal jährlich ersetzt durch den Zwang zum Frohsinn. Gegen den Himmel drehen sich ununterbrochen weiß die Rotoren. Ihr müßiges Sirren macht den höchsten Ton weit und breit. Sie hacken Luft; sie köpfen Vögel, die sich zu nah herangewagt haben, die abstürzen in den Windpark, während hoch über ihnen das Sirren am Fleck bleibt.

Bewegung ist Ehrensache für Meyer. Der Arzt hat ihm geraten, jeden Tag mindestens eine halbe Stunde im Freien unterwegs zu sein und dabei energisch mit den Hacken aufzutreten, um seinen Kreislauf in Schwung zu bringen, und das beherzigt er. Auch die rotierenden Arme, die seinen Horizont schmücken, bringen Nutzen. Angetrieben vom gratis Wehenden, vermehren sie sich, werden zum Energie-Wäldchen, das vorrückt, obwohl es immer, wenn er gerade hinsieht, stillsteht und sich unschuldig Luft zufächelt. Natürlich hält der Strom die ganze Ebene am Laufen. Nachts verwandelt er das Faktische in Lichtinseln, über denen im Schwarz rote Punkte aufblitzen, rhythmisch gegen den Himmel gesetzt. Meyer ist dieses Warnblinken noch einigermaßen fremd, deswegen braucht er manchmal einen Moment, um darin seinen Horizont zu erkennen: das Netz, das ihn auch im Dunkeln umgibt.

Jetzt dehnt sich der Kanal vor ihm aus. Auf dünnem Eis Schleifspuren von Schwänen. Sie sind gelandet, wieder aufgeflogen, fort. Er geht am Ufer entlang, den Kopf gefüllt mit Verlusten. Meyer ist Kleinaktionär. Ihn bedrücken seine Anteile am allgemeinen Niedergang. Daß alles einbricht, der

Kurs nach unten. Meist entscheiden kleine Anleger falsch, Opfer von Gaukeleien, die ihnen nicht mal den Nennwert lassen, nur Hoffnungen, vor ihrem inneren Auge zerstiebend. Ja, er hat genug, aber es sollte mehr werden. Steht ihm das nicht zu? Fest tritt er auf den harten Boden, hört, wie massiv das klingt, hohl und massiv zugleich, als wäre die Erde ein Block aus lauter leeren Grabkammern. Wohin verschwindet sein Geld? Von ihm losgelassen, zirkuliert es in höheren Kreisen, in Luft aufgelöst und von irgendwelchen ganz oben durch die Zähne gezogen, während sie Leute wie ihn ausnehmen. Ist doch so. Er knapst sich die Zahnpasta vom Mund ab, schneidet zuletzt noch die Tube auf, um den letzten Rest herauszudrücken, und wenn er dann riskiert, ein paar Aktien zu kaufen, ist garantiert nichts für ihn drin. Nicht mal mehr für ein düsteres Lächeln reicht es. Als die große Spekulationsblase platzte, hat er etwas abbekommen. Stühle, Tische, Betten und Häuser flogen immerhin durch die Luft, allesamt auf Crashkurs.

Noch spaziert er weiter. Der Weg parallel zum Kanal spannt eine Membran zwischen schwarzen Bäumen, mumifizierten Grasbüscheln und der Gegend, in der Meyer seinen Kreislauf in Schwung bringt, indem er auf den Boden der Tatsachen pocht. Viele haben diesen Weg ausgetreten. Er ist verdichtet. Wie ein Deckel liegt er auf ohrlosem Gewirr und mineralischen Krümeln, wie außerirdisch, obwohl unterirdisch, lebt, was er bedeckt …

Unsichtbar siedeln Myriaden abwärts. Bis in die Tiefe einer Armlänge zersetzen oder jagen sie, schwimmen in wäßrigen Hohlräumen, legen Fangleinen, schlängeln sich durch, vergären und verlagern, wälzen um und bauen ab. Hauchfein lockert sich die Erdkruste, wo sie arbeiten, denn nichts darf dort bleiben, wo es ist: ewiger Wertschöpfungszirkel auch im Dunkel. Es wimmelt von Winzigkeiten, die ineinandergreifen. Anfangs genügt eine einzelne Zelle. Sie hat einen Auswuchs, geißelt damit ihre Umgebung und schwimmt los. Mikrometer für Mikrometer erobert sie. Geißelbündel rotieren, einer Schiffsschraube ähnlich, spiralige Fäden treiben Knöllchen, Kugeln oder Stäbchen an, die sich teilen, dann zu Kolonien zusammenballen. Rasendes Gelingen, Wuchern und Verzweigung. Mit Scheinfüßen auf einen Untergrund geleimt, lauern Wechselbälge darauf, ihre Opfer ganz und gar zu umfließen, sie so zu verdauen und anschließend weiterzuwandern, das Plasma zu neuen Scheinfüßen ausstülpend. Dann und wann stoßen sie gegen Türme: Nackte Wesen haben sich in ein Rohr aus Schleim zurückgezogen und darauf Glimmer, Quarz und leere Kieselschalen geklebt, strömen strahlenförmig daraus hervor und fingern nach Nahrung. Die Erde ist voll! In jeder Lükke Organismen, die meisten von ihnen uralt, blind, ohne Wirbel. Frei in Tropfen zwischen Humus schweben bewimperte Pantoffeln, andere Einzeller in ihre Mundgrube strudelnd, und egelhafte, räuberische Schläuche, sich wie Teleskope ausstreckend und zusammenziehend, schlucken wiederum die Pantoffeln. Abgeschossene Harpunen kommen vorbei, etwas flimmert flüchtend. Auf Stielen sitzende Glocken drehen gefräßige Wimpernkränze. Allgemeines Jagen mit offenem Schlund. Stacheln und Panzer wachsen. Gewebe addiert sich. Darmhöhlen, dicht an dicht im Lichtlosen. Schlängelnd sind Vielzeller auf der Suche nach Abgestorbenem, an dem sie sich festbeißen und es zermahlen. Auf ihrem Weg tückische Schlingen: Bei der geringsten Berührung schwellen sie zu, fesseln ihre Beute, und das Pilzgeflecht, das dieses Lasso gemacht hat, dringt durch den Mund des Gefangenen ins Innere, löst ihn auf und saugt ihn aus. Pilze, bleiche Lagerpflanzen mit Fortune, wittern, was sie brauchen. Erlangen es durch Winkelzüge. Entdecken sie Ruderfüßer, heften sie ihnen Knöllchen an, die bald darauf der Tod sind – und aus einem leeren Panzer ein neues Geflecht hervortreiben. Unter Tage: Verwitterung, Verwesung, Vermehrung. Kälte verlangsamt dieses Gebaren. In einer Armlänge Tiefe schlafen Regenwürmer in selbstgegrabenen Gängen, starr zu Knoten zusammengerollt. Zeit ist Temperatur und Wasser. Stimmt sie nicht, erzeugt sie lauter Scheintote. Wechselbälge schrumpfen, ziehen ihre Organellen ein, rotieren mehrmals und bilden im Rotieren eine Kapsel, die sie einschließt als mikroskopisches Körnchen unter Körnchen, leicht genug, daß diejenigen, die zufällig an der Grenze zur Atmosphäre liegen, vom Wind erfaßt und umhergeweht werden. Die anderen harren als Mumien im Substrat, bereit, sich jederzeit wieder auszukapseln. Lebenspause. Abgemagert und in sich selbst verknotet, schlafen die Regenwürmer tief. Keine Erschütterung langt bei ihnen an, keine Bewegung, die jenseits der Artenschranke passiert, könnte sie wecken. Und doch durchlaufen Schläge ihr Milieu: Stakkati fremden Vorwärtskommens. Jeder Schritt Meyers macht Klopfzeichen …

Er ist gegangen, bis er einigen der weißen Metallblätter

so nah war, daß ihr Sirren die Stille zerhackte. Stehende Kälte, von ihrem Sog mitgerissen und verteilt. Vielleicht wäre es besser umzukehren. Wieder begegnet ihm das Schwanenpaar, rutscht den Kanal entlang im Versuch zu wassern. Sein Rückweg führt auf die anwachsenden Mauern und Dächer zu, zwischen denen er nicht heimisch ist, zaubert einen warmen rötlichen Lügenschein auf geschlossene Fenster, so, als ob in seinem Rücken der Sonnenuntergang wäre oder man sich glühend freute über seine Heimkehr. Schön wärs. Die Sonne ist längst unterhalb des Horizonts. Trotzdem bleibt der Schein, wallt auf Fensterscheiben und winkt Meyer herbei, der sich diese Freundlichkeit momentan nicht erklären kann und wie angezogen darauf zuhält. Nachdem er die schartigen Häuserzeilen der Vororte hinter sich hat, gelangt er ins Zentrum, biegt um Ecken und kommt auf den Marktplatz.

Feurio! Flammen lodern hoch. Bis zu den oberen Stockwerken wird ihr Widerschein in Scheiben gespiegelt. Eine Menge Hexen facht das Sprühen und Knistern noch weiter an, flackert kreischend auseinander und wieder zusammen, hebt die Arme voller Bedauern, Lust und Wut. Der Herrgott schenkt dir dein Gesicht, doch lachen mußt du allweil selbst!, rufen sie, während Funken sie zu erwischen suchen. Beißender Qualm wabert über den Platz. Meyer will weg, aber von hinten kommend hakt ihn noch einmal der knotige Strunk, sein Wurzelbruder, unter, zieht ihn durch den Ring der Gaffer nah heran, flucht dumpf durch sein winziges Mundloch und bückt sich, um aus einem Kännchen Öl in die Flammen zu gießen. Erst jetzt sieht Meyer, daß ein Mensch aus Stroh an einem improvisierten Galgen über dem Feuer hängt, daß seine Beine schon brennen und alle ringsum den Scheiterhaufen schüren, damit er ganz verbrennt. Eine gesichtslose Puppe wird aufgefressen inmitten starrender Masken. Sie schwankt leicht am Strick, von der Hitze bewegt. Sie loht, muß abrupt Abschied nehmen. Das ist der Narrenfahrplan. Im Hintergrund hört er Axtschläge, die den frisch errichteten Stamm im Zentrum fällen. Heulen und übergroße, wie Tischtücher ausgebreitete Taschentücher. Rote Nasen und Zipfelmützen. Das Feuer macht erste Aschehäufchen.

Er hat sich davongestohlen, läuft durch die stumme Agglomeration des Wiederhergestellten, weicht Mülltonnen aus, schnuppert an seinen Ärmeln, die stark nach Rauch riechen. Am Himmel folgt der Große Hund dem Orion auf der Jagd nach sieben Sternen. Ampeln blinken gelb. Allmählich legen sich die Schrecken, züngeln nicht länger menschenfresserisch aus dem Totholz, sondern enden als bunte Stofffetzen, schlafend quer über den Weg gespannt. Morgenzeitungen stecken in Briefkästen. Es dämmert, als Meyer an einem Brunnen, dessen Strahl trotz der Kälte fließt, eine Versammlung von Honoratioren entdeckt, die Zylinderhüte und Orden tragen. Sie halten Angeln in den Brunnen. Beugen sich verschwörerisch vor, wohl um zu begutachten, ob sie etwas gefangen haben, dann ziehen sie einer nach dem anderen ihre Beute auf den Brunnenrand. Er tritt näher heran. Geldbörsen liegen da, mit allen Wassern gewaschene Geldbörsen. Die Herren schmunzeln ihm zu.

MÄRZ

Beim Discounter geht das Licht an. Meyer drückt als erster gegen die Tür, durchquert ohne zu zögern den gläsernen Vorkäfig, der kalte Luft und Diebe aufhalten soll, und betritt den Markt. Im Eingangsbereich bewegen sich außer ihm nur die Bilder der Überwachungsmonitore. Sie zeigen wenig, und dieses Wenige so penetrant von Flimmern unterbrochen, daß er kaum hinschaut, damit ihm nicht schwindelt: Mit winzigen schwarzweißen Waren beladene Paletten bilden Gänge, die den Kunden tief in den Laden hineinziehen, verdoppeln jenen Teil des Universums, in dem Riesengarnelenschwänze, Dauerwurst und aus 93 Steckschlüsseln bestehende Sätze sich aufstapeln, sich unablässig wiederholen wie Kinderwünsche, die beharrlich in reduzierter Sprache vorgetragen werden, unterbrochen vom Schluckauf des Monitors, kurz flimmernd, bevor er einen anderen, gleichen Gesetzen gehorchenden Gang auswählt. Dies ist kein Vollsortiment. Will es auch nicht sein. Es ist das, was billig zu haben ist. Morgens wird es am entgegengesetzten Ende der Filiale ausgeladen, durch eine schäbige Schleuse ins Lager gezogen und aufgestapelt. Dann ballt es sich platzsparend zusammen, als extrem verdichtete Materie, an deren Rändern Einkaufswagen entlangfahren.

Meyer taucht im Überwachungsbild Obst/Gemüse auf. Er bückt sich nach einer herabgesetzten Stiege mit Früchten, prüft durch Druck, ob die Ware noch brauchbar ist, lädt sie vorsichtig ein und fährt weiter.

Angebote halten ihn auf seiner Bahn. Im Inneren der Gebinde finden unter dem Druck, dem sie unterliegen, ständig weitere Preisstürze statt, lassen sie implodieren zu einer sich selbst schluckenden Spirale, die den Raum um sich herum krümmt: Kuhle des Begehrens, in der auch Meyer im Fensterlosen rollt, auf berechenbaren Wegen. Einen Merkzettel braucht er nicht. Hier buchstabiert er seine Grundbedürfnisse durch, und bei dieser einfachen Operation würde Luxus nur stören. Die Welt läßt sich mit 93 Steckschlüsseln öffnen.

Ganz oben, dort, wo beinahe schon die Decke ist, belüften vergitterte Schlitze den Discounter. Er ist wie ein Pappkarton an einer stark befahrenen Kreuzung abgestellt, also dringt permanentes Brausen herein, nur unterbrochen von Sekundenohnmachten, wenn gerade alle Ampeln Rot zeigen. Teuer hat hier Hausverbot, steht auf Schildern an der Wand. Wahrscheinlich wartet Teuer draußen angebunden, verdreht hochmütig die Augen im Verkehrslärm, leckt sein weißes Fell sauber. Stirbt wahrscheinlich in Schönheit, von niemandem abgeholt. Na und? Da dies eine Filiale ohne Parkplätze ist, wird sie allerdings bald geschlossen – die Kunden ahnen noch nicht, daß sie mehr Umsatz bringen müßten, um den Standort zu erhalten.

In der Frischfleischtruhe, angeschnitten ins Bild ragend, greift Meyers Hand nach zwei Koteletts namens Bauernglück. Schweine, die sich selbst servieren, grüßen mit umgebundener Schürze vom Etikett der Packung. Sie hatten ein hart kalkuliertes Leben, blieben aber fröhlich dabei. Hinter ihnen lockt die Fata Morgana pappelumstandenen Fachwerks, Wahrzeichen der Heimat. Meyer verliert sich für Augenblicke darin. Versteckt zwischen blauen Schleiern aus Wegwarte, sieht er den Bauern ein Schwein schlachten, Blut in einem Bottich auffangen, Wurst machen. Die Kamera über seinem Kopf registriert, wie er das abgepackte Fleisch eine Idee zu lang in der Hand hält, bevor er es in den Wagen legt.

Vertrauen ist eine Subtraktionsaufgabe: Alles Überflüssige muß weg. Dekorationen werden nicht ausgeführt. Palette für Palette preist die nackte Wahrheit, daß es am günstigsten ist, mit Lieferanten beharrlich in reduzierter Sprache zu verhandeln, bis sie klein beigeben und sich selbst unterbieten, dafür aber zauberisch-gewaltige Mengen produzieren, die jedem Haushalt eine Teilhabe garantieren am Schwindel der aus Kisten geschnappten Welt. Auf dem Grund der Kisten ist es schwarz. Hände langen hinein wie in einen Hut. Der Jahreslauf bringt immer die gleichen Sonderaktionen, aber nur solange Vorrat reicht. Manchmal breitet sich schon nach einigen Stunden Leere bis in den letzten Winkel aus. Vertrauen, durchgedreht, angelt im Nichts.

Der Markt summt. Die Lampen strahlen Wärme ab, während die Gefriertruhen gelegentlich unter Schüttelfrost erschauern. Der Boden ist geputzt. Zwei ältere Herren, Meyer hat sie noch nie gesehen, sind die einzigen anderen Kunden. Sie tragen Zylinder und graue Anzüge und machen sich am

Kühlregal bei der Butter zu schaffen, greifen nach Dutzenden von Päckchen und schichten sie auf dem Boden zu einer metallfarbenen Pyramide auf. Die Butter müsse in den Keller, damit sie nicht schmelze, hört Meyer sie sagen. Immer höher bauen sie ihren Metallberg, dabei Abzählreime murmelnd: Es war einmal ein Räuber, der Räuber wurde alt, er hatte viele Kinder und starb bald. Die beiden, vor Eifer mit ihren Zylinderhüten wackelnd, in deren Finsternis ein Vermögen schlummert, schätzen die ganze Zeit über, was sie sehen oder woran sie denken müssen. Wie viele Butterpäckchen das wohl sind, wieviel sie wiegen mögen, wie hoch die Pyramide werden kann, ohne daß sie zusammenstürzt, wie niedrig der Einstandspreis zu sein hat, um hier Gewinne zu holen, wie viele Filialen ein Imperium ausmachen, wie wenig Angestellte gleichzeitig Butter balancieren, kassieren und Boden wischen können, wie wenig Papier genügt, um das auszurechnen. Ihre mit Gittermustern gestreiften Krawatten fliegen, schwingen im Durchzug, der gerade zwischen Lager und Eingangstür herrscht. Noch immer reden die beiden vom Keller, in den abends alles geschafft werden müsse, weil es kein Kühlhaus gibt. Einmal lüpfen sie kurz ihre Zylinder, um sich gegenseitig ihre Hungerödeme zu zeigen. Das eine Ödem sieht aus wie eine Steckrübe, das andere wie eine Pistole. Sie betasten diese geheimen Entstellungen, schmieren Butter darauf und stülpen wieder den Hut darüber, der hoch aufragt – ein Aufbauwunder. Spielen wir Einzelhandel, sagen sie. Auf der Suche nach einem, der den Kunden macht, entdecken sie Meyer: Guten Tag und vielen Dank für Ihre Treue. Winzige Paletten, beladen mit

Waren, erstrecken sich vor ihm, während ihm Stimmen in den Ohren liegen: Ein Räuber wurde alt, er hatte viele Kinder und starb bald. Die beiden Herren in den grauen Anzügen tänzeln den Gang entlang, summen und winken sich mit Bündeln von etwas zu, das nach Spielgeld aussieht, aber genausogut echt sein könnte. Sie suchen die Falltür zum Keller.

Meyer überlegt. Er steht vor einer Wand aus Wein, Flasche für Flasche fruchtig und weich verschnitten, und ist in Versuchung, etwas Neues auszuprobieren. Dann gibt er sich einen Ruck. Wie gewohnt lädt er in seinen Einkaufswagen zwei Tetrapaks Rebenschoppen, dessen lieblichen Geschmack er seit Jahren kennt. Dieser Trank versetzt ihn jeweils in gelöste Stimmung, spült Witze und Jugendsünden aus ihm heraus, berauscht ihn durch seine Kostenstruktur. Beinahe neckisch kontrolliert er, ob der Literpreis gleichgeblieben ist. Eine Überwachungskamera erfaßt ihn, wie er mitten im Laden per Taschenrechner die Zwischensumme seiner Einkäufe bildet, auf winzigen Tasten stochernd und das Ergebnis in D-Mark umrechnend, um sicher zu sein.

Auf der Sonderaktionsfläche gibt es noch WC-Sitze aus Massivholz, Computertürme und Fertig-Kurzgardinen. Kann er etwas davon gebrauchen? Lautlos drängeln sich die Preisknaller, zu unermeßlichen Stückzahlen ausgestoßene Gelegenheiten, flüchtig ausgeführt, um die Stoffkreisläufe zu beschleunigen, Antrieb der Wirtschaft, bis die Erde als rasender Globus durchs All rollt. Über der Sonderaktionsfläche schaukelt im Zugwind das Schild: Wir empfehlen Ihnen, sich zu bevorraten. Meyer nimmt eine Fertig-Kurzgardine mit. Er hofft, daß es ihm gelingt, sie aufzuhängen.

Der Verkehr, dessen Lärm stoßweise ampelgeregelt hereindringt, rempelt immer lauter. Feinstaub kommt durch die Lüftungsgitter und legt sich auf Verpackungen und Volldeklarationen, die keiner liest. Teuer, draußen angebunden, wedelt umsonst mit dem Schwanz, jault und ist drauf und dran, Männchen zu machen, nur um in den Laden zu gelangen.

Gedämpft irgendwo unter dem Fußboden ist ein Gespräch im Gange. Zwei Herren treffen Absprachen. Gerade zerschneiden sie den Globus in Nord- und Südhalbkugel und lassen die Hälften jeweils auf ihren ausgestreckten Zeigefingern rotieren. Sie sitzen im Dunkeln. Für das, was sie vorhaben, kennen sie sich gut genug, müssen ihre Gesichter nicht sehen, wenn sie Bubenstückchen treiben. Nord und Süd balancieren sie so geschickt aus, bis sie zwar getrennt, aber trotzdem identisch sind – zwei sich selbst stabilisierende Kreisel, über denen unsichtbar zwei Taschenspieler lächeln, welche das Licht der Öffentlichkeit scheuen und lieber im Partykeller bleiben, um dort ganze Hemisphären zu verschieben. Schwarzmagische Gesänge steigen fein zwischen den Bodenplatten der Filiale auf. Die beiden da unten reiben sich erst die Hände, dann verbrüdern sie sich. Sie sind auch deshalb im Dunkeln, weil sie Strom sparen, wo es nur geht, und bei einem familiären Binnentreffen geht es ja wohl am ehesten, weil man die Gesichter und den ganzen Zauber schon kennt und sämtliche Handgriffe sitzen. Was da ausgeheckt wird, kann ohne langes Hantieren umgesetzt werden, braucht man doch wenig, um Erfolg zu leben: nur Konsequenz. Vertrauen ist eine Subtraktionsaufgabe. Im Boden des Marktes fliegt eine bislang unsichtbare Falltür auf. Stimmen mühen sich, nach oben zu kommen. Mach mir die Räuberleiter, sagt eine zur anderen. Da taucht ein Zylinderhut auf, sein Träger dazu, erklimmt die Filiale und zieht seinen Kompagnon ebenfalls hinauf. Die beiden Dunkelmänner kneifen die Augen zusammen, erkennen noch nicht viel, noch nicht mal ihren Vorzeigekunden Meyer, der ihnen zwar durch dick und dünn die Treue hält, sich ihre Erscheinung aber anders vorgestellt hat und sie darum ebenfalls nicht kennt. Auf einem Monitor ist er zu sehen, wie er den Fußboden anstarrt, als hätte er dort etwas entdeckt.

Wie verdaut er den kleinen Schreck? Alles halb so wild. Seit längerem nimmt er wieder eine Flasche Mümmelmanns Jagdbitter mit, Kräuterlikör, auf dessen Etikett der Hase von Dürer in einem grünen Medaillon liegt. Beständig und hochprozentig, hat immer eine dieser eichenlaubgeschmückten Flaschen hinten im Schrank zu sein, falls ihm etwas auf den Magen schlägt. Mehr kann er nicht tun. Mit nebeneinandergelegten Läufen und halb aufgerichteten Ohren kauert Mümmelmann in einer Mulde der Zeit.

Für diesmal, bilanziert Meyer, brauche er nichts weiter. Er biegt ein in den Gang zur Kasse, vorbei an letzten, einzelkammerversiegelten Genüssen, denen er selten nachgibt: Knabbereien sind für ihn komplizierte Angelegenheiten, weil sie für zwischendurch gedacht sind, und er eigentlich nie weiß, wann zwischendurch ist. Eins folgt doch aufs andere, vergittert sich lückenlos ineinander und läßt nichts und niemanden frei, außer im Schlaf. Was ihm vorschwebt, wenn er an zwischendurch denkt, ist ein Käfig, aus dem ein

Tagedieb seine Hand streckt und verstohlen nach gesalzenen Erdnüssen angelt. Später sitzen solche Leute dann bei Pfarrer Schmiege und erzählen ihre Geschichte. Vor lauter Kummerspeck brauchen sie zwei Stühle, aber Meyer fühlt kein Mitleid, weil sie sich auf einem Sendeplatz breitmachen, auf den wichtigere Fragen gehören als jene, wie Knabbersüchtige von Genüssen loskommen, die sich zwischen sie und das Glück geschoben haben. Leider nimmt Schmiege jede Beichte ab, also auch diese. Einzelkammerversiegelte Erdnuß für Erdnuß preßt er heraus aus den Sündern, die sich vor Schamlust in ihrem eigenen Fett wälzen, dabei bloß einen anderen Weg zur Kasse einschlagen müßten.

Im Eingangsbereich, der auch der Ausgangsbereich ist, steht der Filialleiter hinter einem verspiegelten Fenster und beobachtet die Kassiererinnen und Kunden. Vor einen etwas unbeholfenen Mann mit wenigen Waren in seinem Wagen schieben sich zwei Herren in grauen Anzügen, die der Filialleiter sofort als Testkäufer erkennt. Sie haben einen metallisch schimmernden Butterberg in ihrem Wagen aufgeschichtet, rufen der Kassiererin leutselig etwas zu, sicherlich die Anzahl der Butterpäckchen, was diese ohne zu überprüfen eintippt, zahlen und sind durch. Der unbeholfene Mann stellt eine Stiege Obst auf das Laufband, legt Koteletts der Marke Bauernglück, zwei Tüten Rebenschoppen, Mümmelmanns Jagdbitter dazu – und eine Fertig-Kurzgardine, die er beinahe vergessen hätte und erst nach Aufforderung der Kassiererin aus dem Wagen holt. Mit hochrotem Kopf redet er von da ab auf sie ein. Der Filialleiter sieht eine Blase aufsteigen, in der die Moral sich nach allen Seiten windet im

Versuch, die Gitter zu beschreiben, die ihr Halt sind. Er sieht die Kassenschlange, die hinter diesem Kunden anwächst, und das unruhige Gesicht der Kassiererin – und daß die zwei Herren in Grau noch da sind und auch darauf lauern, mit ihr ein Wörtchen zu wechseln. Er ahnt, was kommt: eine erzwungene Abmahnung. Als die beiden eine Lücke auftun, herrschen sie dazwischen, heben den Butterberg an und demonstrieren, daß sie eine Packung Erdnüsse unter ihm versteckt hatten. Außerdem zählen sie der Kassiererin mit hochgestreckten Fingern die wahre Buttermenge vor. Klar: Nur Genauigkeit schafft Vertrauen. Alles andere muß man eben abziehen.

Meyer geht an einem verspiegelten Fenster vorbei zum Sortierbrett, um seine Einkäufe einzupacken. Hier vorn erfassen ihn die Überwachungsmonitore nicht mehr, die jetzt, das sieht er aus den Augenwinkeln, viele, zum Teil unschlüssige Menschen zeigen, Raumfahrer, die durch die Gänge kurven, geleitet von Wünschen und Merkzetteln. Nach wie vor ist die Übertragungsqualität miserabel. Die Bilder flirren, brechen ab, setzen neu an, nur um wieder das gleiche vorzuführen, das dadurch nicht wirklicher wird. Palettenkintopp. Ein Heer von Laiendarstellern läuft ohne Drehbuch über das täuschend solide ausgestattete Set.

Riesengarnelenschwänze, Dauerwurst und aus 93 Steckschlüsseln bestehende Sätze bleiben hinter Meyer zurück, als er den Discounter durch die gläserne Schleuse verläßt, welche kalte Luft und Diebe aufhält. Draußen fällt Schneeregen. Während einer der Pausen, die die Ampeln dem Verkehr verpassen, entdeckt er irgend etwas Angebundenes,

Halbverhungertes, das jault und wartet, mutlos zusammengerollt. Flocken haben es weiß gefärbt. Er schaut rasch weg. Man kann sich nicht um alle Runtergekommenen kümmern, schließlich weiß man selber kaum, wie es einem später mal ergehen wird. Oft genug haben Aktien nachgegeben und ihre Besitzer unter sich begraben.

Vorsichtig setzt er die Füße im rutschigen Matsch, der auf den Bürgersteigen liegt. Er entschließt sich, seinen Weg durch eine kleine Grünanlage abzukürzen, weil dort der Untergrund weniger glatt ist. Grünanlage? Ein zugefrorener Brunnen, Rosenstockskelette und einige Bänke erinnern an den Sommer, dessen Licht die ringsum stehenden hohen alten Kastanien filtern. Schneeklumpen kleben auf dem Schild: Bitte nehmen Sie Ihre Abfälle nach Hause mit und sortieren sie umweltgerecht! Meyer fühlt sich verfolgt. Er schaut über die Schulter zurück. Eine Frau kommt gerade über die Straße, um ebenfalls die Anlage zu durchqueren. Schon aus einiger Entfernung sieht er, daß sie ihre Umhängetasche wie flüchtig, nämlich weit offen trägt, und je näher sie kommt, desto deutlicher ist, daß ganz obenauf, jedermanns Zugriff ausgesetzt, ihr Portemonnaie liegt. Meyer wird unruhig. Ohne zu überlegen, fragt er sie geradeheraus, ob sie wisse, wie gefährdet sie lebe. Erst kürzlich habe er wieder über motorisierte Entreißdiebe gelesen, die mittlerweile praktisch überall zuschlagen könnten und es auch täten, auf den Bergen und im Tal, im Gedränge und in der Einöde, und zwar mit Vergnügen, denn wenn man es ihnen so leicht mache, daß sie sich nicht einmal anstrengen müßten, ließen sie sich unter Garantie nicht zweimal bitten, dafür lege er seine Hand ins Feuer, zuviel Dummheit gehöre eben bestraft. Erst als er soweit ist, fällt ihm auf, wie starr die Frau ihr Gesicht verschließt. Hat sie nicht zugehört? Sie sagt keinen Ton. Langsam dämmert ihm, dass er sie vor kurzem schon gesehen hat: Sie zog einen Wagen voller Paletten aus dem Lager des Discounters; später war sie es auch, die an der Kasse saß, als die beiden Herren vor ihm ihr eine Ungedeihlichkeit nachwiesen. Warum ist sie jetzt hier, mitten am Tag? Warum schmelzen Flocken in ihrer offenen Tasche? Meyer spielt mit dem Gedanken, den Reißverschluß über ihrem Portemonnaie zuzuziehen, weil er es nicht mit ansehen kann. Seine Hand zuckt vor und zurück, im Wunsch, irgend etwas zu tun. Kennen Sie die Ladenschlußzeiten des Herzens?, fragt die Frau. Ich bin gefeuert!

Meyer steht allein mit zwei Einkaufstaschen in der Mitte eines erstarrten Rondells. Sein Blick streift die Bänke, auf denen Vogelkot zerfließt. Unmöglich, so eine Anlage in Ordnung zu halten. Irgendwo ist immer Dreck, auch wenn man noch so viele Schilder aufstellt – und der Natur ihren Lauf zu lassen heißt, nicht zu sehen, daß sie alles, was Arbeit gekostet hat, über kurz oder lang wieder kaputtmacht …

Schwarze Augen mustern Meyer aus großer Höhe. Mit aufgeplustertem Gefieder nebeneinanderhockend, präsentiert sich ein Elsternpaar im Wipfel einer Kastanie, markiert sein Revier. Die beiden sitzen als beinahe reglose Kugeln im Schneetreiben, legen nur gelegentlich den Kopf in den Nacken, öffnen den Schnabel, trinken Flocken. Ihre Zehen umklammern den Ast ohne Anstrengung oder Willen, von Sehnen zusammengezogen, die sich durch das Körpergewicht zwangsläufig spannen, also auch im Schlaf. Sie sind Standvögel: leben immer hier. Kein Zug in den Süden, nachts, in riesigen Schwärmen, keine Wiederkehr. Monogam und ortstreu, verteidigen sie zeit ihres Lebens das gleiche Brutgebiet, bereit, jeden Eindringling anzugreifen, sich auf ihn zu stürzen in todesmutigen Luftkämpfen. Ihre Schwanz- und Flügelfedern schillern blaugrün. Das Licht bricht sich an prismatischen Zellen und läßt sie metallisch glänzen. Schwarze Lider blinzeln über schwarzen Augen. Als eine Aaskrähe die Wipfel der Kastanien überfliegt, über ihnen kreist und in der Nähe landet, ist es vorbei mit dem Stilleben. Die Elstern werden schlagartig dünn vor Aufregung, knicksen unentwegt mit den Schwänzen, schackern, rufen kjää, flattern. Kurze, hastige Flügelschläge, blitzartige Stellungswechsel, hin und her. Sie hassen auf die Krähe, aber die läßt sich nicht vertreiben. Mit schräggelegtem Kopf inspiziert sie zwei Nester: ein neu angefangenes und ein letztjähriges, dessen Baumaterial die Elstern für ihr neues Nest nutzen. Beide sind hoch oben in den Astgabeln aufgeschichtet. Von außen sehen sie täuschend schlampig und locker gebaut aus, so als würden sie kaum halten. Überall ragen Zweige aus ihnen hervor, an ihren Enden Kastanienknospen. Trotzdem sind sie fest verankert. Wenn sie sich diesen Ort merkt, wird die Krähe später vielleicht das Gelege ausrauben. Der Kampfgeist der Elstern, ihre nervöse Zähigkeit, sie an ihrem Schwanz zu zerren, der metallisch schillernde Wirbel, den sie veranstalten, jagt sie schließlich doch in die Flucht. Die Elstern können sich eine Weile nicht beruhigen, hetzen weiter rund um den Stamm, wippend, schackernd.

Dann fliegt das Männchen fort. Balancierend steht das Weibchen auf dem Rand des halbfertigen Nestes, begutachtet dessen Struktur, kippt dabei beinahe hinein. Das Männchen bringt Nachschub: einen bleistiftstarken Zweig, den die beiden mit hämmernden und ziehenden Rucken in das Gerüst einfügen, in den sparrigen Außenbau, der zum Schutz vor Greifvögeln noch eine überhängende Haube aus groben Zweigen bekommen wird. Es ist ein ständiges Arbeiten, ungefähr vierzig Tage lang. Die beiden pausieren nur, um Nahrung zu suchen, ihr Revier zu markieren oder sich zu verteidigen. Jetzt hocken sie wieder im Baumwipfel, gegen den dunkler werdenden Himmel, zwei aufgeplusterte Kugeln mit hängenden Schwänzen, und hacken mit ihren massiven Schnäbeln gelegentlich gegen den Stamm. Der Schneeregen hat aufgehört. In der frühen Dämmerung brechen sie auf in wellenartigem, synchronem, Deckung suchendem Flug zu ihrem Schlafplatz, den sie nach einigen Kilometern erreichen. Hunderte von Elstern ziehen sich in ein schwer zugängliches Wäldchen inmitten eines Sumpfes zurück. Streiten um Plätze, Wiederauffliegen, Kjää-Rufe und Drohen, Tritte. Die Gemeinschaft krächzt eine Weile, wird dann still, schließt die schwarzen Augen. Sehnen halten Zehen in der dauernden Umklammerung von Ästen, auch im Schlaf.

APRIL

Wind kommt auf. Fortpflanzungswind. Wenn es warm und trocken genug ist, lassen Birken sich von ihm fremdbestäuben. Den ganzen Winter über hingen die männlichen Blüten wartend an den Enden alter Triebe: durchgerüttelt, durchnäßt, eingefroren und aufgetaut, ohne Regung, ihre Pollen freizugeben – schlaffe, walzenförmige gelbe Kätzchen, die paarweise ausharren, bis die Bedingungen stimmen. Jetzt, in der Zeit des allerersten Laubausbruchs, richten sich weibliche Kätzchen an der Spitze junger Kurztriebe auf. Die Birken bieten das einhäusige Schauspiel, daß männliche und weibliche Blüten am selben Baum erscheinen, bereit, den Zyklus aufs neue in Gang zu setzen, umstrichen vom Wind. Er schaukelt die hängenden Zweige, biegt die ganze hochgewölbte Krone hin und her, pfeift Signale. Die Sonne scheint. Der Wind schüttelt Staubbeutel. Und dann öffnen sie sich. Dicht an dicht gepackt, entlassen sie aus jedem der männlichen Kätzchen vier Millionen mikroskopische Körner, Überfluß ultraleichter, dreiecksrunder, Geschlechtszellen tragender Gebilde, gute Flieger, die, freigelassen, erst einmal aufsteigen in höhere Luftschichten, sich dort um sich selbst drehen, als ob sie zweckfrei unterwegs wären, ein dichter Schmuck der Atmosphäre, ein Pollenstaubsturm, dessen Mitglieder ungefähr einen halben Kilometer weit reisen, scheinbar ihr Gepäck und ihren Auftrag vergessend, bevor sie allmählich absinken, flächendeckend erlahmen und, vielfach verwirbelt, überall landen – auch auf den Blüten, die auf sie warten. Biochemische Erkennungsrituale laufen. Paßt es? Ist es kein Pollen vom selben Baum? Ist es keiner einer anderen Art? Wenn es paßt, hat das Abtasten ein Ende. Der Weg zur Samenanlage wird frei. Das angenommene Pollenkorn keimt und bohrt einen Schlauch durch die Oberfläche der Narbe, hinunter durch das Griffelgewebe bis in den Fruchtknoten. Dort sitzen die Eizellen, beschützt von einer Membran. Wird sie vom Schlauch durchstoßen, wandern Geschlechtszellen des Pollenkorns durch ihn hinab, verschmelzen mit den weiblichen Geschlechtszellen und bilden so Samen. Weil der Wind auch drehen, einschlafen, Regen abladen kann, vertrauen die Birken der Schrotschußdynamik der großen Zahl, daß irgend etwas trifft, wenn nur genügend gestreut wird. Ohne zu wissen, in welcher Reichweite die anderen ihrer Art stehen, schicken sie ihnen, was für sie bestimmt ist, im Exzeß. Großzügig schütten sie ihre Substanz aus im Fortpflanzungsrausch. Sie belegen eine ganze Gegend mit ihrer Erbinformation, sind immerwährend auf dem Weg zu geschlossenen weißstämmigen Wäldern, in denen Brisen umherfahren und hängende Zweige abernten. Klein wie Andeutungen, ergeben die jungen Blätter schon eine wechselständige Aufzählung, ein Winken mit gesägtem Rand, das ergänzt wird durch die Kontaktwolken aus den geöffneten Beuteln. Vieles davon geht verloren. Es schwebt und schwebt, irrt umher in dicht bevölkerter Leere, klebt an Falschem, wird eingeatmet …

Meyer muß niesen. Er wischt die Fensterbretter ab, die zu seinem Ärger ständig voller gelblichem, verbackenem Staub liegen. Produziert die Stadt selber diese Belästigung, wirft sie diese Quälgeister aus, oder macht das irgendein Baum? Autos sind reif für die Waschanlage, und Scheiben werden blind. Meyers Augen tränen. Blütezeit. Was für ein überflüssiger Dreck, der alles versaut, sogar geschlossene Räume! Bäume verlieren ohnehin fast das ganze Jahr über irgend etwas, können einfach nicht an sich halten. Bröseln, stauben, tropfen, bieten Vögeln Platz, die auf Passanten und geparkte Autos scheißen, schmeißen tonnenweise Blätter auf Gehwege, knallen ihre Früchte durch die Gegend. Im Grunde haben Bäume in der Stadt nichts zu suchen. Meyers Immunsystem ist damit beschäftigt, Eindringlinge abzutasten, prüft also auch die Oberflächen von Pollenkörnern. Biochemische Erkennungsrituale laufen. Pech, wenn ein Organismus sich vertut. Durch Eiweißverbindungen gereizt zum Krieg, schüttet er tollwütig Abwehrstoffe aus: Die Nase läuft, der Kopf schmerzt, die Augen brennen. Meyer kämpft zwar nicht gegen Mühlenflügel, aber gegen windverwehte Kuriere, deren Botschaften gar nicht für ihn bestimmt sind. Er niest. Schon wieder wischt er die Fensterbretter ab, mit einem nassen, vollgeschnaubten Taschentuch, das aussieht, als ob er heftig geweint hätte. Früher hielt seine Frau die Wohnung sauber. Jetzt, da sie tot ist, muß er es selber tun, ungelenk den Druck auf Lappen und Bürsten verstärkend. Scheuermittel dosiert er immer noch nicht richtig. Bekommt seine

Kleidung einen Fleck, reibt er ihn tiefer ins Gewebe, wo er dann bleibt. Auf manchem, was klar sein sollte, sind Schlieren. Als er zum ersten Mal vor der Waschmaschine in die Knie ging, um die Beschriftung ihrer Knöpfe zu entziffern, versteinerte er vor Ratlosigkeit.

Jeder Haushalt funktioniert auf der Basis von Unerledigtem, im Briefkasten liegen graue Briefe, am Telefon singen die Sirenen der Klassenlotterie und locken mit Gewinnchancen vom Band. Meyer hat sich vorgenommen, endlich die Fertig-Kurzgardine aufzuhängen, fingert halbherzig an der Verpackung, versucht, deren gewollt schwache Stelle zu finden. Nach einer Weile hat er sie. Umständlich und sorgfältig entfaltet er den durchbrochenen Stoff. Ein blütengemusterter Schutzzauber. Zart und kräftig zugleich. Warum muß er weiter auf dem Präsentierteller sitzen, wenn es Abhilfe gibt? Er hat keine Lust mehr, im Glashaus zu leben. Ihn drangsalieren die potentiellen Blicke der Nachbarn durchs Küchenfenster, die es nichts angeht, wann er zu Hause ist und über ein Stück Papier gebeugt Berechnungen anstellt. Sie sollen vor ihrer eigenen Tür kehren. Er niest. Jetzt also die Gardine. Auf der Verpackung steht, sie sei fensterfertig konfektioniert. Er zieht ihren Stangendurchzug auf die ungefähre Breite des Rahmens aus, hält sie zur Probe an: Wie der Schleier einer Braut schürzt sie sich zwischen innen und außen. Ihr weißes Halbrund besiegelt im unteren Drittel der Scheibe seine Ruhe – trotzdem kann er aufstehen und über den oberen Rand hinausspähen, falls ihm danach ist. Vorsichtig schlägt er zwei Nägel ein, schnieft zufrieden. Die Gardine verbreitet einen Schwung, der ihn an seine Frau erinnert. Sie ist nett. Als sie hängt, zupft er ihre Falten zurecht, verteilt sie säuberlich in seinem Blickfeld. Seine Augen brennen. Ob er wieder mal ans Grab geht? Wer weiß, ob die Gärtnerei den Dauerpflegeauftrag auch wirklich ausführt, den sie sich happig bezahlen läßt. Gerade müßte der Winterschutz abgeräumt und ein Halbrund weißer Blumen dasein, das meist um diese Zeit als Sternchenteppich aufblüht. Wenn Meyer den Zustand des bepflanzten Rechtecks überprüft hat, sitzt er auf einer steinernen Bank, starrt ins Leere. Hinter sich hört er alte Friedhofsbesucherinnen mit Blech klappern und Worte wechseln: Ich geh mal bei Herrn Soundso vorbei, man muß ja doch immer gießen. Er dreht sich nie um. Die Witwen scheppern davon, schwärmen zwischen den Toten aus, um ihrem Leben Inhalt zu geben. Einmal hörte er eine von ihnen klagen, sie käme schon morgens um sechs hierher und sammele die Nacktschnecken ab, denn die nähmen überhand – da blitzte in seinem Kopf die Frage auf, wohin Schnecken ohne Gehäuse sich verkriechen, wenn sie nicht gefunden werden. Meyer zieht noch einmal am Faltenwurf der neuen Gardine. Das Grab ist nicht nah. Er überlegt, folgt in Gedanken den Verbindungen, die ihn an die Ruhestätte seiner Frau führen, putzt seine Nase und entscheidet, zu Hause zu bleiben.

Eigentlich müßte er abwaschen. Mit haarfeinem Strahl vorgespültes Geschirr wartet darauf, daß er es nachspült und trockenreibt. Statt dessen setzt er sich, den Rücken zum Abwasch gekehrt, an den Küchentisch, an dem er meistens sitzt, um das Wohnzimmer nicht abzunutzen, und knöpft sich die Rechnungen der letzten Zeit vor. Gas, Strom, Betriebskosten. Er vergleicht seinen Verbrauch mit dem vom Vorjahr. Geht die ganze Abrechnungsperiode durch, multipliziert mit Grundpreis und Arbeitspreis, überprüft den Gesamtbetrag. Bald ist ein Zettel, den er aus dem Müll gefischt hat, voller bleistiftgeschriebener Zahlen. Meyer findet keinen Fehler. Er hat sich vom Hausverwalter die Aufschlüsselung der Betriebskostenerhöhungen geben lassen und registriert ingrimmig jene Positionen, die er nicht unter Kontrolle hat, explodierende Summen, die ihm auf der Nase herumtanzen, weil er gezwungen ist, in einer Gemeinschaft zu wohnen. Geradezu maßlos ärgert ihn der Posten des Wasserverbrauchs. Die Leute lassen es einfach laufen. Zum Heulen. Er versprüht eine gequälte Salve von Niesern, wischt sich die Augen, steht auf und geht ans Kurzgardinenfenster, um über den Rand des Stores hinauszugucken. Was er dort sieht, bringt ihn erst recht auf: Ein Nachbar, den er schon längst nicht mehr grüßt, hat den Gartenschlauch angeschlossen und spritzt die Leitung leer. Gerade richtet er die Düse auf seinen Wagen, treibt zäh und selbstvergessen jedes einzelne Staubkorn in einem Sturzbach von den Kotflügeln, aufgehoben im Maßlosen, macht durch Druck wett, was ihm im Kopf fehlt, geht jetzt auf die Knie, um den Unterboden zu erreichen, kauert so bis zur Schmerzgrenze, bevor er wieder hochkommt und beginnt, Straßenschilder, Mülltonnen, Mäuerchen, den Gehweg und die eigenen Schuhe unter Wasser zu setzen. Dann ist die Auffahrt dran. Mit Vollstrahl jagt dieser Idiot den Schmutz, mit Vollstrahl. Selbst festgebackene Kaugummis sind nicht vor ihm sicher. Er hält so lange drauf, bis sie sich lösen. Ersäuft enden Insekten, Pollen, Unkräuter, Vogelschiß und Blütenblätter im Gully; Quadratzentimeter für Quadratzentimeter kommt die Flutwelle voran und reißt dabei sogar Atome aus den Bodenplatten, die sich auf Nimmerwiedersehen verabschieden müssen, hinterläßt Porösitäten, adieu, Beton. In den Lücke beginnt wie immer: Verfall. Genau hier wird der Frost angreifen, durch Mutwillen dazu eingeladen. Der Nachbar hört nicht auf. Wie ein Schlafwandler zieht er den Schlauch hinter sich her, kämpft gegen Ablagerungen und Überkrustungen und denkt nicht daran, den zu registrieren, der stumm hinter dem Fenster wütet. Wenn Meyer gegen etwas allergisch ist, dann gegen Verschleuderung. Sein Blutdruck steigt so an, daß sein Herz Sturm klopft.

Erschöpft hat er sich aufs Sofa gelegt. Sein Himmel ist schwarzgestreift, der Atem flach, und draußen spritzt einer die Welt kaputt, ist immer noch nicht damit fertig. Um das Rauschen zu übertönen, macht Meyer den Fernseher an. Ohne Interesse schaltet er eine Weile zwischen Leichen und Kochstudios hin und her, bis er Berge entdeckt, die in der Ferne aufragen, zeigefingerhaft, neben einem großen ruhigen Flußlauf. Dort leben Fischer, die alle Wang heißen und seit tausend Jahren ihre Bräuche nicht verändert haben. Gemächlich schieben sich ihre Hausboote ins Bild. Ganze Familien lächeln, während sie vorbeitreiben, beschienen von der Sonne zwischen den Zeigefingerbergen, nach einem genügsamen Rezept ernährt, denn das, was sie brauchen, ist da, schlängelt sich zum Greifen nah durch ihr Leben wie der Strom, auf dem sie unterwegs sind. Hier ist alles einfach. Einsilbig steht im Nebel der Berg. Immer fließt der Fluß.

Die Männer bringen Kormoranpärchen zur Hochzeit zusammen, beobachten, wie sich deren Hälse miteinander verschränken, holen dann das erste Ei des Geleges heraus und schieben es einem Huhn unter, das es ausbrütet. Sie warten. Schlüpft das Kormoranjunge, füttern die Fischer es eigenhändig, gewöhnen es so an sich, als wären sie seine Eltern, hätscheln es auf dem Hausboot, bis es alt genug geworden ist, um zu fischen, und nehmen nun den gezähmten Vogel in ihre Dienste. Ihm wird eine Schnur an seinen Füßen festgebunden, um den Hals hat er einen Ring. Schwarzglänzend sitzt er auf einer Bambusstange, die der Fischer auf der Schulter trägt, während er hinausfährt auf den Fluß und dabei leise singt. Auch der Kormoran schwätzt, erzählt dem Mann mit dunklem gackernden Knurren, wie hungrig er ist. Kaum sind sie bei den Fischgründen angekommen, stürzt er sich kopfüber ins Wasser und verschwindet, taucht pfeilschnell. Lange und tief. Aber als er wieder nach oben kommt, bleibt er ruckend gefoppt auf dem Wasser liegen, denn der Ring um seinen Schlund verhindert ganz und gar, daß er seinen Fang schluckt. Der Fischer zieht ihn an der Schnur zu sich heran, holt ihn an Bord, sperrt seinen Schnabel auf, und der Kormoran muß hergeben, was ihm im Hals steckt, bevor ihn sein Herr zurück in den Fluß wirft. So arbeiten sie zusammen, das fleißige Tier und der Mensch, der Ideen hat, die ihn nichts kosten. Erst nach zahlreichen Tauchgängen öffnet der Fischer den Ring, füttert den Vogel mit zwei Fischen aus der Beute. Bewährt sein Kamerad sich weiter, wird er bald nachts mit diesem Fänger ausfahren, wird eine Laterne an den Bug binden, weil deren Licht magisch viele zappelnde Silberleiber anzieht, wird also noch mehr Glück haben. Zwanzig Jahre lang wird der zahme Kormoran nun mit Herrn Wang und dessen Familie auf dem Hausboot leben, wird für ihn fischen, wird auf der Stange umhergetragen werden und gelegentlich ein tiefes gackerndes Knurren ausstoßen. Im Hintergrund dauern die tausendjährigen Berge. Herr Wang lächelt. Der Kormoran sitzt mit ausgebreiteten Flügeln wie ein Gekreuzigter an Deck und läßt sich trocknen.

Seufzend kommt Meyer vom Sofa hoch, zurück in die Dämmerung seines Zimmers. Draußen hat die Sintflut aufgehört. Eigentlich müßte er noch eine Runde gehen, hat aber keine Lust, denn das, was hier innen in der Luft liegt und ihm einen Nieskrampf nach dem anderen beschert, schwächt ihn so sehr, daß er wieder zurücksinkt und umschaltet.

Irgendein halsloser Politiker steht vor einer gläsernen Wand und antwortet an den Fragen des Reporters vorbei ins Blaue, geübt darin, Meyer nicht aufzuwecken, der, sofort in Sekundenschlaf gefallen, mit offenen Augen abwesend ist, weil er nichts versteht. Solange keine Reizwörter stören, döst er, betört vom Epos der Machbarkeit, dem vielstrophigen, das streng verschlüsselt vom Aufschwung erzählt. Obwohl es sich nicht so anhört, ist es eine schlimme Geschichte: Der Staat, dessen Haushalt wie jeder Haushalt auf der Basis von Unerledigtem funktioniert, taumelt darin umher mit Dreck auf der Weste – so hoch verschuldet, daß er beim x-ten Versuch, davon loszukommen, den Makel nur noch tiefer ins Gewebe reibt. Der Kopf des Politikers quillt über den Kragen, während er diese Strophe zum besten gibt.

Eintönig geht es voran. Schuld wächst. Wir müssen opfern, leiert der fette Rhapsode. Aus den Eingeweiden der Opfer verspricht er, nur Rettung zu lesen. Die gläserne Wand hinter ihm zeigt den Himmel, blau und unbewegt. Ein Geduldsspiel. Fragen des Reporters verglühen, gehen unter im Epos, das seine Opfer einschläfert. Auch die Sendezeit längt sich, schicksalsergeben. Dann macht der Mann einen Fehler. Meyer ist absolut unbestechlich: Sobald das Wort Steuererhöhung kommt, wacht er auf. Empört registriert er, welcher Partei dieser Politiker angehört; sie ist hiermit für ihn erledigt. Er entscheidet nach einem einzigen Kriterium: Wird ihm das Geld aus der Tasche gezogen? Wenn ja, sind Lügner am Ruder, die zwar vom Machbaren flöten, aber falsch haushalten. Nicht auf seine Kosten! Wer ihn ausplündert, kriegt die Quittung bei den nächsten Wahlen, und wenn alle sich verschwören gegen ihn, wählt er eben keinen, bitte, sollen sie ruhig nach den Hochrechnungen weinen über Abwanderung oder das wütende Stillehalten, dem Meyer frönt. Als kleiner Mann kann er nichts Besseres tun. Er schneidet sich die Fußnägel oder räumt die Garage auf, derweil die anderen Namen ankreuzen, um ein Gesicht durch ein anderes zu ersetzen. Sie glauben noch an Wahlversprechen, er nur an den Schmerz. Beim Aufräumen ist ihm eine alte Farbbüchse auf den Fuß gefallen. Als er ihn zum Abschwellen hochlegt, bringen sie im Fernsehen Ergebnisse. Irgendwelche Politiker stehen vor der gläsernen Wand, beschuldigen einander, retten sich in das, was sie auswendig können. Der lädierte Fuß wird langsam blau.

Meyer schaltet aus. Abendstunde. Geborgenheitsforscher

untersuchen, wie das Inventar ein Wohnzimmer gegen das Nichts polstert. Ob Hausrat oder Melodien helfen. Wer das Dunkel am schönsten füllt, ist der Tenor Wunderlich. Von ihm hortet Meyer viele Aufnahmen. Gottvoll, wie dieser Mann sang, bevor er eine Treppe hinnunterstürzte: Arien, deren Töne für Meyer ein freudiges, unverstandenes Labyrinth bilden, in dem er sich hellsüchtig verliert, ohne zurück zu wollen; Lieder, die einfach loswandern, bergauf, bergab, und ihn mitnehmen. Da reist entlang des Bachlaufs ein Mann zu Tal, pflückt Blumen, die ihm schon in der Hand welken, geht im springenden Takt zugrunde. Ist das denn meine Straße? O Bächlein, sprich, wohin?, singt Wunderlich. Das Klavier begleitet ihn, ist immer um ihn herum, während er einen Zyklus aus Jubel und Tränenregen durchleidet, in dem auch Meyers ungestellte Fragen zittern. Diese Stimme, kaum erhoben, schenkt Maß und Sinn. Mühelos läßt sie Meyer vergessen, daß es sie schon nicht mehr gibt. Er liegt zwischen Möbeln geborgen, hört jemand singen, der zu früh zu Tode kam, und badet im Gefühl, die Zeit der Menschen sei nur dazu da, Musik zu schaffen. Wunderlichs Klänge entknittern ihn, ziehen ihn bis ins Große, wo wenig zu sagen bleibt. Er lauscht. Und der Himmel da oben, wie ist er so weit!, singt der Tenor.

Nach dem Zähneputzen klemmt Meyer die Borsten seiner Zahnbürste mit einer Wäscheklammer zusammen, damit sie nicht aufspringen durch den täglichen Gebrauch. Er löscht die Lichter. Im Schlafzimmer ist es kalt. Sein Kopf zerdrückt das Kissen, daneben ballt er eine leere Faust, weiß es aber nicht, weil er schon schläft. Unter dem Kissen spielt ein kleines Transistorradio, das er dorthin geschoben hat, um nicht allein zu sein.

Mitten in der Nacht läuft er im Schlafanzug unten auf die Kreuzung und beginnt, auf die Sterne zu schießen. Straßen asphaltieren angeblich Wege in alle vier Himmelsrichtungen. Was dabei ausgespart wird: daß es noch oben und unten gibt. Er blickt durchs Zielfernrohr, legt an auf den verschossenen, an vielen Stellen schon durchgescheuerten Teppich über ihm, das schwärzliche Halbrund über dem Horizont, in dem höhnisch Lichtlein von anderswo durchschimmern, diese schlechte Auslegware, die trotz ihres Alters komplett die Sicht versperrt. Er zielt und zielt. Rings um ihn pulsen an allen vier Ecken der Kreuzung Baustellenlampen, die auf Warnbetrieb gestellt sind. Wind zerrt an seinem Schlafanzug, treibt ein paar in der Luft geisternde Pollen vorbei. Meier ruft hatschi. Das Fadenkreuz verwakkelt. Niemand da, der ihm Gesundheit wünscht, obwohl er es dringend brauchen könnte, barfuß auf der Jagd. Einige Sterne flimmern wie zusammengerottete Haufen im Gewebe, andere zittern abgesondert. Dazwischen schlucken schwarze Löcher ohne jedes Aufsehen Meiers fehlgegangenen Schrot. Vielleicht deformieren sie ihn zu Zeichen, lassen ihn anderswo wieder frei, vielleicht wird dort aus Bleikugeln das Kommende gelesen. Meier lädt nach, schickt Munition als pfeifenden Dunst durch die Atmosphäre, kümmert sich weder um Schonzeiten noch um den Schlaf der Nachbarn. Am liebsten brächte er die gesamte Milchstraße zur Strecke. Was er erwischt, sind jedoch nur vereinzelte Ausreißer, die ein letztes Mal aufleuchten, bevor sie stürzen. Dann sind sie weg. Und wer wird nun für ihn nach den toten Sternen stöbern? Er hört ein vertrautes Klatschen: Sein Y turnt über die umliegenden Dächer, überschlägt sich und kommt dabei abwechselnd auf beiden Beinen oder nur dem einen auf – Beine, die alle drei auch Arme sind. Weil es munter ist, tritt es Dachpfannen locker. Endlich einmal ausgebüchst, grätscht es über rauchende Schornsteine, springt von Giebel zu Giebel, winkt, tief unter sich seinen Bodentyrannen, im Pyjama auf der Kreuzung wildernd, Waidmannsdank! brüllend, obwohl niemand ihm Waidmannsheil wünscht, kapitale Truggebilde anvisierend und frierend. Meier nimmt spaßeshalber auch das Y aufs Korn, tut so, als wolle er es von da oben runterholen. Es zappelt weiter, ungerührt. Natürlich braucht er es noch. Weit weg liegen die ausgekühlten Klumpen, die er getroffen hat, und warten darauf, apportiert zu werden – wenn sie zu Boden gehen, dann meistens im Unwegsamen. Er ahmt den Ruf eines Verwundeten nach, um sein Y anzulocken. Er horcht. Die Kreuzung gähnt in ausgeweideter Stille, überdacht vom schäbigen, immer dünner werdenden Nachthimmel, der nichts bereithält als ewige Jagdgründe. Auf der Straße laufen kreuz und quer Spuren von Autos, die rasend gebremst haben müssen. Im Asphalt tun sich Risse auf. Rhythmisch erhellen die Baustellenlampen abgesperrte Gruben. Meier stößt wieder den Lockruf aus, und diesmal entdeckt er es, lachend davonturnend, sich an Dachrinnen entlanghangelnd und vollkommen schwindelfrei über der Tiefe schaukelnd. Er stöhnt, als er das sieht. Sein Y spielt ihm den Streich, flohfröhliche Salti zu üben, will wohl groß geschrieben werden,

Weltranglistenerster des Augenblicks, statt an seinem Platz zu bleiben. Meier sieht sich selbst, als man ihm noch jeden Wunsch erfüllte – wie durch Milchnebel taucht er auf, wird Piezel genannt, und wenn er etwas zu Großes wissen will, heißt es: Kinderfragen mit Zucker bestreut. Heute hat er Schrot. Beiläufig durchsiebt er das Verkehrsschild, auf dem ein Piezelchen fest an der Hand geführt geht. Schon setzt er an zum Fangschuß, doch da kommt Hals über Kopf das Y aus der Ferne zurück, wächst, auf einem Bein hüpfend und zwei Arme in die Höhe geschmissen, und bringt ihm, was er erlegt hat. Bettet es mitten auf die Kreuzung. Seine Strecke hebt sich kaum vom Straßenbelag ab: eine Sammlung verblichener Meteore, unscheinbar aus der Existenz gekippt, vor ihm aufgereiht, zerbrochen. Er stützt sich auf das Gewehr. Aus mehreren Körperöffnungen zugleich entfährt ihm Luft, als blase er zum Halali.

MAI

Meyer schließt die Knöpfe seines einzigen guten Anzugs, den er vor Jahrzehnten gekauft hat. Er betrachtet sich kurz im Spiegel, fährt mit der Hand über Bartstoppelreste, dann verteilt er von dem Rasierwasser, das längst nicht mehr hergestellt wird, auf beiden Wangen. Seine Schuhe sind geputzt. In schöner Landschaft an einem schönen Fluß will er zu einem Klassentreffen. Felsen und Wein sind dort die Sichtblenden. Der Fluß gräbt sich zwischen ihnen durch. Glocken ertönen; ihr vergebliches Läuten malt Schnörkel in die Luft. Meyer muß los.

Auf dem Weg rückt beim Blick aus dem Zugfenster allmählich alles an seine erinnerte Stelle. Farben stimmen, Felsen tragen die alten Namen, bekanntes Unkraut steht neben den Gleisen. Dächer, unter denen früher Schweine schrien, behüten schlafende Urlauber garni. Der Fluß ist wieder so sauber, wie er einmal war. Mit perfekter Neigetechnik legt sich der Zug in die Kurven, wiegt Meyer im Glauben, hier anzukommen, im Wetterleuchten der Vergangenheit, das die Neuronen in seinem Kopf veranstalten, am Lagerfeuer, an dem vergessene Orte und Gesichter plötzlich aufflackern. Er wird durchströmt von seltener Wärme. Draußen verjüngen sich Weideflächen, überflutet von explodierendem, gelb gehöhtem Grün; drinnen, ihm gegenüber, schnarcht ein dikker Mann und hat unter seinem auf die Brust gesackten Gesicht ein zusätzliches Kinn abgelegt. Das Großraumabteil reist. Drei telefonieren, einer löst ein Kreuzworträtsel, eine bestickt einen Strumpf mit einem springenden Pferd, während hinter den Panoramascheiben Höhenzüge bis in die Tiefe blauen. Haltepunkte sausen vorbei. Eine Durchsage kündigt Meyers Ziel an. Vor Eifer rempelt er gegen den dikken Mann – der wacht auf und lugt blinzelnd aus verklebten Augen.

Abgesetzt steht Meyer dort, wo er früher die Leute schon von hinten erkannte. Die Uhr, die über diesem Bahnsteig hängt, hat sich im Lauf der Zeit verhakt. Ihr Sekundenzeiger flackert immer auf derselben Stelle. Felsen und Wein begrenzen Gemeinden. Keiner der Passanten würdigt ihn nur für eine Sekunde des Blicks.

Als er vor den Bahnhof tritt, ahnt er, daß hier fast alles anders geworden ist. Häuser, Straßen und Bäume sind geschrumpft oder verschwunden; übrig bleibt Fremde, in die Meyer nichtsdestoweniger vordringt, indem er bei der billigsten Pension garni schellt und sich in ein Zimmer im Keller führen läßt. Das Zimmer ist eng, über und über mit Lächeln bestickt. Plüschtiere erwarten ihn, auf dem Kopfkissen aufgereiht. Es gelingt ihm, anzukommen, ohne irgend etwas umzustoßen. Dann verteilt er noch einmal Rasierwasser auf seiner Haut. Aus dem Spiegel schaut ihm ein orientierungsloser, ältlicher Schulbub entgegen, unwohl an den Knöpfen seines Anzugs fingernd.

Das Gasthaus liegt in einer Flußschleife. Seit Meyers

Jugend hat der Besitzer nicht gewechselt, darum heißt es Café/Restaurant Ohne Ende. Man ist dort auf geschlossene Gesellschaften eingerichtet, bewirtet oft Gruppen, wenn sie Gedenken, Geburtstage oder Wiedersehen feiern, mit den Weinbergen im Rücken einander zuprostend und auf den trägen Fluß trinkend, der weiter unten Sedimente heranschiebt und unsichtbar ablagert, bis er irgendwann die Schleife abgeklemmt und als Altarm hinter sich gelassen haben wird. Noch fließt er vorbei, spiegelt, wenn es dunkelt, kleine Lichter – Widerschein der aussichtslosen Besäufnisse, die an seinem Ufer stattfinden. Tagsüber zeigt er glattes Grau. Von dieser Bahn prallen Kiesel ab, die Meyer früher viel länger zum Springen brachte, weil er sie in einem so gerissenen Winkel schleudern konnte, daß sie übers Wasser hüpften, als ob sie gar nicht sinken wollten. Er steht an seinem damaligen Spielplatz, wirft und beobachtet, wie der Fluß die flachen Kiesel gleich nach dem ersten Aufprall schluckt.

Ins Café Ohne Ende kommt er zu spät. Die anderen sind schon da. Sie lärmen am gedeckten Tisch, eine amorphe Masse, aus der sich einige lösen und auf ihn zurollen, ihn auf die Schulter schlagen und Sieh an! Unser Orakelchen! Noch immer schmächtig! brüllen. Meyer umklammert in der Hosentasche einen letzten Stein, den er nicht in den Fluß geschmissen hat. Sein Spitzname hat also überlebt, doch wer sind die anderen? Erst allmählich entziffert er trotz der Maulwurfsgänge der Jahre, die nicht nur seine Züge verheeren, um wen es sich im einzelnen handelt. Nachdem die Begrüßung vorüber ist, ziehen sie ihn an einen Platz am Tisch.

Ihm gegenüber sitzt der dicke Mann, der ihm im Abteil schon gegenübersaß, und grinst. Meyer erstarrt. Ist das etwa einer seiner Freunde? Einer von denen, die gemeinsam mit ihm die blecherne Schatzkiste hüteten? Ja. Er ist aus seinem Schlaf aufgewacht, beugt sich zu Meyer hinüber und beginnt stracks eine Anekdote nach der anderen zu erzählen, jede davon mit dem Hautgout des unzählige Male Aufgewärmten, wobei er schon vor der Pointe prustet und sein Opfer vertraulich am Arm packt. In Meyers Magen rumpelt es, aber das hört niemand. Sonst stets maßvoll, hat er sich zum zweiten Mal Kaffee und Kuchen bestellt, stopft das Gedeck in sich hinein. Allgemein geht es jetzt um Lehrer und Schulstreiche. Die Sätze fangen an mit: Wißt ihr noch? Er weiß noch, nur stimmt es kaum mit dem überein, was erzählt wird, weitet die Vergangenheit sich doch sekündlich ins Immense, bietet dadurch sämtlichen Hypothesen Platz, so daß unzählige private Vergangenheiten entstehen, die nicht gemeinsam heraufbeschworen werden können, auch nicht im Rahmen einer Klassenarbeit. Meyer entdeckt laufend Fehler. Sie kommen von der Flüchtigkeit. Die Vergangenheit ist ein Faß ohne Boden, in dem inflationäre Vorstellungen wie Ungeziefer umherschwirren, kurzlebig, sich den Kopf stoßend und sich für Erinnerungen haltend – wobei sie genau wie Ungeziefer entweder Nützlinge, Schädlinge oder Lästlinge sind. Er hört ein Summen um sich herum, und viele Namen fallen. Sein Gedächtnis schafft es einfach nicht, so übermütig zu sein wie die anderen, die angesägte Stuhlbeine, Leim und versteckte Kreide zirkulieren lassen, rhythmisch in Gelächter ausbrechend, an ihm vorbei.

Im nachhinein ist die Schule ohne Ende erfüllt von einer geschlossenen Gesellschaft. Keiner sieht heimlich aus dem Fenster und wünscht sich weit fort, wie Meyer.

Wißt ihr noch, das Oräkelchen?, heißt es. Jetzt ist er dran. Jetzt werden die Schätze vorgezerrt, die seine Freunde und er in einer verbeulten Blechkiste auf dem Boden eines Trümmerhauses verwahrten. Er könnte selber nicht mehr sagen, was es war – nur, daß sie unter seiner Herrschaft in der Hocke im Kreis darum saßen und die schöne Zukunft daraus lasen. Immens und wunderbar, so beschwor er sie anhand der Funde herauf, die für ihn Splitter der Hypothese waren, alles füge sich zu einem abenteuerlichen Leben. Stundenlang hockten sie dort, vielleicht tagelang. Wie die ersten Menschen am Wasserloch ergötzten sie sich wortlos an Bildern, die zwischen ihnen aufstiegen. Ganze Kontinente wurden erobert, wilde Tiere fauchten als Halsschmuck um den Nacken des Tüchtigen, sie mähten Feinde nieder und nahmen ihnen Kaugummis aus den Hosentaschen. In der Weite der Zukunft regierte kein Zufall, sondern Heldenstreben, das Hindernisse schnell wie Ungeziefer erschlug. Sie sahen nur aufspringende Türen – hell den Lebensweg. Die Ausgeschlossenen gifteten neidisch. Witterten alles mögliche, sogar seltene irisierende Insekten oder Gold in der Kiste, und eines Tages sandten sie einen der ihren aus, auf das Geheimnis zu scheißen. Ach, das Oräkelchen! Was enthielt es denn eigentlich? Einen getrockneten Frosch vielleicht? Fliegenbeine? Eine stehengebliebene Uhr? Lapislazulistaub aus zerriebener Wegwarte? Meyer und seine Freunde fanden einen stinkenden Haufen auf dem Deckel ihres Reliquienschreins. Das ist ein halbes Jahrhundert her. Meyer muß flüchtig lachen: Ihm ist eingefallen, daß die Schätze Bombensplitter waren.

Gleich danach kommen die Krankengeschichten. Nachbarschaftlich lehnen sich Klassenkameraden über den Zaun der Intimität und berichten. Der eine ist operiert worden, der andere nicht – das sind die Ereignisse in dem Alter. Meyer spürt eine ziehende Schwäche, ist angeschlagen. Überfressen und überreizt, atmet er schwer in der dicken Luft, in der alle sich miteinander verbrüdern und keiner wissen will, was zählt. Er würde gern von dem Schwindel anfangen, der ihn manchmal überfällt, von der Übelkeit und der Welt, die sich dann abenteuerlich um ihn dreht, aber er zögert. Diese Malaise ist wohl kaum erwähnenswert. Der dicke Mann, der einmal sein Freund war, klagt über seinen vierten Leistenbruch. Die Runde beschließt, einen Spaziergang durch die Weinberge zu machen.

Die Sonne scheint. Irgendwo ruft ein Kuckuck, und Meyer erheitert alle, indem er das geflügelte Wort vorführt, beim ersten Kuckucksruf des Jahres müsse man ins Portemonnaie spucken, denn das garantiere Reichtum. Sie ziehen ihn lautstark auf mit dem Aberglauben, ein wohlhabender Mann wie er würde reich durch Sparen und Spucke. Er sagt nichts dazu. Verstaut sein Portemonnaie wieder und geht fortan am Ende des Zuges. Unterhalb von ihnen windet sich grau der Fluß; oberhalb fährt ein Winzer mit einem kleinen Traktor durch seine Parzelle und sprüht Gift, das schwadenweise zu ihnen herunterweht. Sie sind unterwegs zu einem Wallfahrtsort. Es ist die beliebteste, gut markierte

Strecke, auf der man sich die Füße vertritt. Immer wieder kommen ihnen andere Spaziergänger entgegen, mustern sie kurz, spitzmäulig-forschend, bevor sie stumm oder grüßend passieren, je nachdem, wozu die Übermacht der Gruppe sie zwingt. Es geht lahm voran. Trotzdem kommt das Kirchlein noch zum Vorschein, in dessen Klosterschänke sie einkehren wollen. Glocken ertönen; ihr vergebliches Läuten malt Schnörkel in die Luft.

Anstandshalber schauen sie sich die Kirche von innen an. Arme Sünder schmoren dort im Fegefeuer – eingekistet in eine Art Terrarium, aus dem Flammen schlagen, gestikulieren sie verzweifelt, während über ihnen unentschlossene Engel schweben, die ihre helfenden Hände nur so weit ausstrecken, daß sie niemanden berühren. Meyer hat das Gefühl, einem seiner eigenen Schwindelanfälle beizuwohnen, denn die halb aus dem Holz springenden geschnitzten Reliefs der Todsünden schließen Kreise um ihn, die sich drehen. Seine Angst folgt fremder Angst. Er sieht die Gesichter der Verdammten, wie sie gefaßt bleiben trotz ihres Ringens, weil sie wissen, daß es keinen Ausweg gibt. Er sieht die Klasse um sich herum, die gut gelaunt ihren Ausflug absolviert. Diese Wallfahrt endet für ihn in keinem Wolkenkuckucksheim, sondern in Bedrängnis. Gott sei Dank hängen die Wände der Seitenkapelle über und über voll mit Votivbildern. Das bringt ihn auf andere Gedanken. Menschen liegen arm, alt, krank oder verunfallt in dunklen Stuben, über ihnen schwebend die Triangel der Rettung: Maria hilf / Maria hat geholfen / Wird wieder helfen. Die Madonna hat alle Hände voll zu tun, gegenwärtig zu sein und einzugreifen, biegt sich in aberwitzige Flugfiguren, kommt jedoch immer rechtzeitig, dabei das Übersinnliche als Kumulus in den Wohnstuben aufwirbelnd. Wie schön. Jemand, der da ist, wenn man ihn braucht. Auch wenn das Kind in den Brunnen fällt, auch wenn das Baugerüst zusammenstürzt und alles unter sich zu begraben droht, auch in Seestürmen oder bei Gewalttaten, beim Brand in einer Fabrik, wenn das Auto von der Straße rutscht, wenn der Zug aus dem Gleis springt: Maria hilf! Unter liebenswert falscher Perspektive treffen sich Folklore und Glauben. Gott ist ein Kaugummiautomat. Mit passendem Gebet gefüttert, spuckt er Heil aus, und der Gläubige käut es wieder: Hat geholfen / Wird wieder helfen. Meyer, der sich fühlt, als ob er in seinem Konfirmationsanzug steckt, beneidet die Katholiken um ihre Schatzkammern, weil sich irisierende Bilder aus deren Dunkel schälen. Zuverlässig erscheint die Muttergottes inmitten von Haufenwolken.

Das Bier schmeckt. Die Wanderer würden gern noch länger in der Klosterschänke bleiben, aber im Restaurant Ohne Ende wartet schon das Abendessen auf sie. Behäbig scherzend machen sie sich auf den Rückweg, folgen seinen Markierungspfeilen, so zurückgeleitet, daß es ein Panorama-Rundweg gewesen sein wird.

Da ist wieder die Flußschleife. Über ihr ragen Felsen auf. Erleuchtet lockt das Gasthaus Heimkehrer, die einen schönen Abend verleben wollen, obwohl sie sich nichts mehr zu sagen haben. Sie nehmen an langen Tischen Platz. Bis in Brusthöhe ist die Stube braun getäfelt, darüber sind auf umlaufenden Regalen Urkunden und Pokale versammelt.

Meyer streckt den Hals, um zu lesen, in welcher Disziplin sie errungen wurden, kann es aber nicht entziffern. Statt dessen liest er die Speisekarte rauf und runter. Am liebsten würde er einen Seniorenteller bestellen, weil dies das einzige Angebot ist, dessen Preis er erträgt, zwingt sich jedoch, nicht aufzufallen, und bestellt das gleiche wie seine Nachbarn, dazu ein Viertel des Weins, der hier in der Nähe wächst. Als die Getränke da sind, macht Angeheitertes die Runde – nur aus Meyer, ernüchtert durch die Kostenstruktur des Weins, sprudeln weder Witze noch Jugendsünden, sondern er erzählt, an welcher Stelle des Flusses er einmal beinahe ertrunken wäre. Schon nach kurzem gerät er in Schwung vor Selbstmitleid, berauscht sich an seiner Erzählung, und die Umsitzenden lächeln abwesend, lassen ihn ganz allein mit seiner Zunge, die auf eigene Rechnung gegen die Zähne stößt. Dann kommt das Essen. Meyer, satt, denkt: Alles, wofür er bezahlt hat, muß er aufessen. Im Raum wird es immer wärmer und immer lauter. Draußen dunkelt es. Gespenstisch strahlt das Restaurant Ohne Ende Lebensfreude aus. Kaum einer drinnen hört das Pochen an die Fensterscheiben, das jetzt anhebt, den dumpfen, unregelmäßig wiederholten Aufprall nicht geladener Gäste, die benommen zu Boden fallen …

Chitingehärtete Kopfkapseln irren sich. Licht, das die Nacht durchbricht, ist eine unwiderstehliche Falle – auch für Maikäfer, die, ihre Fühlerfächer in den Luftstrom ausgestreckt, unterwegs sind zu ihren Fraßbäumen. Vor vier Jahren haben Maikäferweibchen sich auf Wiesen niedergelassen, die Löwenzahn trugen. Mit kleinen Schaufeln an ihren Vorderbeinen haben sie an mehreren Stellen die Erde bis zu einem halben Meter tief aufgegraben, um jeweils einige Dutzend Eier und ein wenig Kot abzulegen, bevor sie die Löcher wieder zuschaufelten, und vier Wochen später waren die Eier in ihren versteckten Höhlen zu Larven geworden, zu weichen weißen Engerlingen, die als erstes den Kot ihrer Mutter fraßen, weil in ihm Bakterien auf sie warteten, die ihnen später beim Verdauen von Wurzeln helfen sollten. Dann nahmen sie Humus auf und machten dadurch ihre Höhle größer, denn für jeden einzelnen von ihnen würde sie jahrelang als Wohnstube dienen. Sie richteten sich ein. Über der Erdoberfläche wuchsen und vergingen Blüten, Blätter und Stengel, aber das Wurzelwerk blieb. Nach der ersten Häutung, im Spätsommer, begannen die Larven, nicht nur Löwenzahn, sondern alle erreichbaren Wurzeln im Umkreis zu fressen. Ihr Kopf war schon stabiler als das übrige Gewebe, bräunlich, mit Fühlern und kräftigen Mundwerkzeugen, und mit ihren Brustbeinen gruben sie sich, als es Winter wurde, tiefer ein, bis in frostfreien Boden. Eine Generation in unsichtbarer bleicher Scheinruhe, in langsamer Verwandlung. Graben und Fressen, Häutung. Winter, Sommer. Erdkrümel, augenloses Vorwärts, schmackhafte Feinwurzeln. Segmentierter Leib, mit Dörnchen besetzt; ein fetter gekrümmter Embryo, als Maske täuschend vor die Zukunft gehalten. Ein unterirdisches Kunstkammerstück. Liebhaber dessen sind Dachse und Wildschweine: Sie investieren Wühlarbeit, um an solche Leckerbissen zu kommen. Während des dritten Sommers gruben sich die Altlarven noch weiter hinunter und begannen ihre Puppenwiege zu bauen, in der sie sich häuteten und sechs Wochen starr lagen, unterdessen in ihrem Inneren das Chaos der Auflösung und Neubildung bewältigend. Pünktchen wurden zu Augen. Anlagen wurden zu Flügeln, Blattkeulenfühlern oder Hinterleibsgriffeln. Gemächliche Metamorphose eines Erdwesens. Im Herbst platzten die Puppen auf, und innerhalb von ein paar Stunden schlüpften Jungkäfer, entfalteten ihre transparenten Hinterflügel, weiteten sie und falteten sie wieder ein, zogen sie unter die Deckflügel, die langsam aushärteten. Dann saßen sie still, überwinterten noch einmal unten, im verborgenen. Erst ein warmer Frühlingsabend im vierten Jahr war das Signal, sich nach oben zu graben. Angekommen auf der Erdoberfläche, zögerten sie auf dem Boden, pumpten eine Weile Luft in ihre Tracheen, spreizten die Deckflügel ab, streckten die Beine von sich und ließen ihre Hinterflügel schwirren: Sie flogen. Facettenaugen lieferten ihnen ein nichträumliches Bild ihrer neuen Umgebung, in der zum ersten Mal Licht auf sie wartete und für sie den Himmel markierte. Brummend schwärmten sie in Richtung der höchsten dunklen Silhouette. Der wochenlange Reifungsfraß begann. Tausende von Maikäfern fressen unablässig das Laub der Bäume, um geschlechtsreif zu werden. Nur das leise Rieseln von Kotkügelchen ist zu hören. Nachzügler, die noch aus der Erde kriechen, orientieren sich am Geruch der Säfte, den die vielen verletzten Pflanzenzellen ausströmen. Schließlich spreizen die Männchen die blattförmigen Lamellen am vordersten Glied ihres Fühlers, spüren mit 50 000 Duftsensoren den Lockstoff der paarungsbereiten Weibchen, begatten sie und sterben. Die

Weibchen legen in mehreren Schüben ihre Eier in die umliegenden Löwenzahnwiesen, bevor sie verenden. Manchmal, in der Dämmerung, irren sich Maikäfer und fliegen falsche Lichtquellen an, prallen brummend gegen Fensterfronten, hinter denen sich geschlossene Gesellschaften verpuppt haben …

Meyer hat das dritte Viertel Wein intus, spendiert von seinen Klassenkameraden. Sein Inneres fühlt sich an, als ob es dabei wäre, sich zu zersetzen. Der Raum hängt voller Rauch. Überall rote Wangen. Eine Tanzkapelle, für die Stimmung engagiert, spielt englische Verständigungsschlager, gegen die anzureden nicht einfach ist, und auf zusammengeknüllten Servietten erhärten Flecken. In der dichten Atmosphäre sind die Pokale und Urkunden kaum noch zu erkennen, die in Kopfhöhe, auf umlaufenden Regalen, von exzessiver Disziplin zeugen. Der Wirt hat sich zu seinen Gästen gesetzt, sagt, Wirt sei heute kein Beruf mehr, sondern ein Zustand. Abgebrannt steht inmitten von Gläsern und Flaschen ein Tischvulkan. Weiter hinten, im Halbdunkel, bemerkt Meyer jetzt ein Aquarium voller Schreie. Karpfen schwimmen vor und zurück. Gegenseitig erzählt man sich sein eigenes Leben. Wenn es aufgebraucht ist, erstickt man es im riesigen Stammtischaschenbecher, aber der Druck auf der Sprechblase bleibt: Sag ich dir / Die eigne Frau im Spitzenhemd is nich so schön wie einmal fremd / Sag ich dir / Da warse weg und hat sogar den Teppichboden mitgenommen / Machst dich zum Affen / Hanebüchen, was diese karierte Regierung vorantreiben will / Für nix hamse Geld – aber schlechtes Wetter könnse machen / Nur: Wer zahlt, wenn das Wetter verrückt spielt / Der Mars kommt immer näher ran, und wir kommen immer näher an Afrika / So weit sind wir schon / Das dauert nich mehr lang / So Ereignisse überschlagen sich gegenseitig / Hat doch jeder zwote nur noch nen halben Magen / Junge, Junge / Wenn ich das schon hör / Direkt vom Schulhof in die Arbeitslosigkeit / Hunderttausend von der Sorte / Da fällt einem nix mehr ein.

Die Kapelle spult ihr ganzes Repertoire ab: Samba, Mambo, Walzer, Schuhplattler. Dann stimmt sie Skihüttenmusik an. Als das Lied Paul und sein Gaul ertönt, springen die meisten auf, vergessen ihre geplanten oder überstandenen Operationen, wollen mitmachen. Unter Schlupflidern freuen sich Gesichter, die sowohl Männern als auch Frauen gehören könnten. Tänzer wedeln rhythmisch mit den Armen, bücken sich und stampfen mit den Füßen. Gehirne schwirren und fliegen. Eine nachtaktive Spezies, eingebettet in Unterhaltung. Das Foto, das irgend jemand schießt, zeigt später die Klasse so verwackelt, daß man kaum bestimmen kann, wer eigentlich da war.

Meyer denkt an sein Pensionszimmer. Ihm ist übel. Er schleicht sich davon, durchquert schwankend die Landschaft mit Flußschleife, in der ganz leise Kügelchen zu Boden rieseln. Auf dem Kopfkissen aufgereiht, erwarten ihn Plüschtiere und werden ihn anstarren. Am Horizont tanzt Wetterleuchten. Noch eine Verausgabung ohne Meyer.

JUNI

Was wäre das große Los? Früh schon dreht sich die schiefgeneigte Erde in den Morgen, holt wieder die durchschnittlich zehntausend Dinge hervor, die Meyer besitzt. Viele von ihnen haben die Nacht im Stand-by-Modus verbracht. Ihr Glimmen wird schwächer. Sie materialisieren sich. Meyer, nach links und rechts gewälzt, ist wach: Vogelgeschrei liegt ihm in den Ohren. Er steht auf und macht eine Katzenwäsche. Einmal pro Woche besucht er das Schwimmbad, um dort auch zu duschen und sich so den Anblick seines verzerrten Gesichts auf dem eigenen Brausekopf zu ersparen. Gurgelnd läuft Kaffeewasser durch den Filter. Die Ränder des aufgeschlagenen Frühstückseis sind nicht ganz gleichmäßig. Die Gardine fällt blöd. Trotz des strahlenden Himmels kaut Meyer an unausgeschlafener Schwere, schleppt sein Aktienpaket hinter sich her wie eine Nachgeburt, die er längst hätte abstoßen müssen. Nur ein Wunder kann seine Laune heben. Her mit dem Schein, auf dem vierblättrige Kleeblätter aufgedruckt sind! Im Jackpot warten 21,3 Millionen.

Der Zeitungsladen an der Ecke hat hinter staubigen Scheiben alle Elementargeister vorrätig, die das Schicksal erträglich machen: Zigaretten, Feuerzeuge, Aschenbecher, kühle Getränke, Eis, eine große Auswahl an Flachmännern, Kaugummi, Souvenirs, Sparschweine. Der Boden ist uneben. Im hinteren Bereich stolpern die Kunden an mehr als 2500 Glückwunschkarten zu jedem Anlaß vorbei in die Regale mit Zeitschriften, suchen nach Schöne Tage / Schöner Kochen / Neue Welt / Stille Post / Bravo Mädchen / Geld-Idee / Haus und Balkon / PS-Sport / Gesundheitstrick / Männerblick. Quer durch den Raum ist eine Schnur gespannt, an der Plüschküken festgeklammert hängen. Vorn stapelt sich Aktuelles. Zeitungen liegen übereinander, angefüllt mit Autos, Immobilien, Karrieren. Wenn Meyer seinen Lottoschein holt, sieht er nackte Frauen und liest die gewaltigste der Schlagzeilen gratis: Gefräßiger Nachbar entdeckt – zweites schwarzes Loch in unserer Galaxis! Er leistet sich ein informiertes Lächeln, weil sie dies im Fernsehen schon gestern wußten. Ohne etwas zu kaufen, verläßt er den Laden.

Am liebsten füllt er den Schein draußen aus, da er unbewußt glaubt, die richtigen Zahlen wären naturwüchsig, flögen ihm im Freien leichter zu. Er setzt sich auf eine Bank in der kleinen Grünanlage, durch die sein Weg oft führt, und hofft auf Eingebungen. Kastanien ringsum filtern das Licht zu tanzenden Flecken. Der Brunnen murmelt vor sich hin. Aufgeblühte Rosen schmücken das Rondell, in dessen Mitte der Brunnen ist und Meyer an die Geldbeutelwäscher erinnert, die hier mit Angeln standen und ihren Fang präsentierten. Bitte nehmen Sie Ihre Abfälle nach Hause mit und sortieren sie umweltgerecht!, steht auf einem Schild, beinahe zugewachsen. Die Proportionen stimmen. Es herrscht eine gewisse Harmonie. Welche Zahlen zwischen 1 und 49 wählt er, um sein Glück in dieses Feld zu zwingen?

Noch ist der Normalschein leer. Auf der Vorder- und Rückseite verstreuen insgesamt sieben Kleeblätter die magische Gewißheit, daß man Chancen pflücken muß, jeden Mittwoch oder Sonnabend aufs neue. Die unangekreuzten Kästchen sehen bedeutsam aus, Platzhalter eines Durchbruchs, den der Lottospieler Meyer, während er den Stift dem Feld nähert, herbeideliriert. Er weiß genau, welche Zahlen schon lange nicht mehr gekommen, also überfällig sind. Mittels solcher Wahrscheinlichkeitsrechnungen kreist er systematisch den Hauptgewinn ein und läßt sich nicht irritieren von der Relation 1:140 Millionen, die er irgendwo aufschnappen mußte. Angeblich beschreibt sie sein Gefängnis – die Möglichkeitsmathematik. Humbug! Alles ist offen! Es kommt nur darauf an, das Muster zu erfassen, das in der Luft liegt. Den Ergebnisbaum zu wählen, der sich vom Unsichtbaren ins Sichtbare durchdrückt, Ast für Ast. Natürlich muß man Einsatz zeigen, um dem Zufall ein Schnippchen zu schlagen, getreu der mathematischen Pfadregel: Die Wahrscheinlichkeit für ein Ereignis am rechten Rand ist gleich dem Produkt der Einzelwahrscheinlichkeiten entlang des Pfades von links bis zu dem Ereignis. Ist das Kombinatorik? Meyer versteht nichts davon. Er verläßt sich auf Vibrationen. Zieht er eine gerade Zahl in Betracht, rät ihm sein Instinkt davon ab, denn Veränderung lebt nun mal vom Ungeraden. Beweis? Das Feld, das wöchentlich seine Chance auf ein ganz anderes Leben siegelt, hat 49 Kästchen. Es ist ein Venusquadrat. Zuverlässig wie der Abend- oder Morgenstern erscheint ihm dieses unbeschriebene Blatt, bietet ihm Gelegenheit, seinen privaten Kampf auszufechten mit den Gesetzen des Unglücks, sie zu überlisten, indem er numerologisch vorgeht. Tod und Wiederauferstehung. Frau Venus lockt allerdings tückisch: Erfüllen sich seine Hoffnungen nicht, sieht er plötzlich ihre wurmzerfressene Rückseite, durchlöchert von Falschheit, ein gräßliches Muster, das ihn zutiefst deprimiert. Ganz schwarz wird ihm vor Augen, wenn er Zahlen getippt hat, die nicht stimmen. Es verdirbt ihm den Tag, alles verdirbt, doch am nächsten Ziehungstag versucht er es wieder. Auf einer Kugel stehend schwebt das Schicksal als nackte Frau durchs All, teilt ungelenk aus, überfüllt den Jackpot, und Meyer liegt chronisch daneben. Das schöne warme Lüftchen und das Plätschern gaukeln ihm trotzdem vor, es sei möglich, die Kombination zu finden, die seine Sorgen auflöst. Er muß sich nur entscheiden.

Vielleicht die 9? Ja! Dann die 13. Was noch fehlt, ist klar: 17, 19, 25, 39. So lautet der Ergebnisbaum, der sich hier materialisiert, gebildet aus drei Armen, die gleichzeitig auch Beine sind. Sechs Kreuze fügen sich zum Muster eines großen aufrechten Ypsilons. Ein Meistertip! Diese Zahlen sind seit mindestens zwölf Ziehungen nicht mehr gekommen, mithin sollten sie sich wohl jetzt aus ihrer Virtualität bequemen, zumal Meyers Aberglaube sie auflädt bis zum Bersten. Er nimmt nie irgendwelche Zahlen. Kürzlich tippte er bis auf die zweite Stelle hinter dem Komma auswendig die Ziffernkombination, die dem Kaufpreis seines vor langem angeschafften Fernsehers entsprach – übrigens deshalb angeschafft, um die Ziehung der Lottozahlen verfolgen zu können. Was geschah? Man kann nicht alle naselang gewinnen. Immerhin hatte er schon mal drei Richtige, wodurch ihn, rückwirkend überschlagen, 20,4 Spiele nichts gekostet hatten. Hin und wieder stimmt auch seine Superzahl. Da läuft das Glück sich warm! Eines Tages wird Meyer den Jackpot leeren, diese obszön pralle Honigblase voller unerfüllbarer, aufgestauter Wünsche. Tapfer macht er seine Kreuzchen, je nach Jahreszeit in einem anderen der zwölf Felder, die darauf warten, Konstellationen auszudrücken. So wandert Frau Venus durch die Häuser, nichts verbergend, nichts enthüllend.

Meyer sitzt auf der Parkbank, den ausgefüllten Normalschein in der Hand, über sich wippende Blätter, vor sich Flecken aus Licht. Ein Radfahrer kommt vorbei, mit einem Dutzend leerer Eierkartons, die auf seinem Gepäckträger klemmen. Beetrosen duften, obwohl niemand an ihnen riecht. Meyer steht auf. Er will zur Annahmestelle mit seinem jüngsten Tip. Von oben erreichen ihn schrille Rufe, durchdringen den Äther wie Kleingeld – stetiges, durch den Himmel jagendes Münzgeschrei, das zwischen Hauswänden hin und her rollt …

In reißendem Flug fangen schwalbenartige Vögel Insekten, haben dabei die Stadtlandschaft unter sich, in der Autos und Schädel sich bewegen. Die Vögel stoßen Rufe aus, um ihre Kolonie zusammenzuhalten, pfeilen im offenen Blau. Mauersegler. Sie verbringen fast ihr ganzes Leben in der Luft, darum heißen sie die Fußlosen. Zwar halten sie sich mit verkümmerten Krallen senkrecht an Mauern fest, doch niemals landen sie freiwillig auf dem Boden, denn von dort kommen sie nur schwer wieder hoch. Das ist ihr einziger unbeholfener Moment. Sobald sie flügge sind, tragen die weiten, sichelförmigen Flügel sie durch ihre Existenz. Schon der erste Flug dauert so lang, daß man nicht genau sagen kann, wann er endet. Vorsichtig rutschen die ausgewachsenen Nestlinge an den Rand des Spaltes unterhalb von Dachrinnen, spähen aus dieser Höhe zum ersten Mal hinaus, wägen ab, ob die Wärme und ihre Kräfte genügen, blicken aus tiefliegenden, scharfgeschnittenen schwarzen Augen in den Luftraum, in dem sie bis in die Ferne jede Regung sehen, zögern lange, ehe sie unwiderruflich die Schwingen ausbreiten. Sie stoßen sich ab, fallen kurz, fliegen. Sofort erbeuten sie Insekten, Spinnen, Luftplankton. Der Ruf der Fußlosen, ein hohes Sriih, kommt aus ihrer Kehle. Sie lernen nichts, denn sie können alles. Als ungeheuer wendiger Teil ihrer Kolonie gleiten sie mit aufgesperrtem Rachen durch Insektenwolken über den Dächern der Stadt, rasen mit bis zu zweihundert Stundenkilometern hin und her. Gegen Abend sammeln sich die Mauersegler, fliegen gemeinsam, laut schreiend, große Kreise. Dann lassen sie sich, unter ihnen auch jene, die den ersten Tag im Freien waren, von Aufwinden höher und höher tragen, steigen während der einsetzenden Dämmerung, während der sie die Sonne immer noch sehen, auf zweitausend bis dreitausend Meter Höhe, fliegen dort die ganze Nacht, langsam gegen den Wind, schlafend. Ein Versteck in der Atmosphäre, das ihnen niemand streitig macht. Ein Verschwinden im Element, mit abwechselnd halbseitig ruhendem Hirn. Gleitende Trance. Gelegentliche Flügelschläge. Herrscht Windstille, kreisen sie, um am Ort zu bleiben. Gegen Morgen sind sie dennoch oft abgetrieben, müssen also zurückfliegen, bevor sie beginnen, in das Revier ihrer Kolonie abzusinken. Erwärmte Luftmassen über der Stadt saugen Kleininsekten aus dem Umland an, treiben sie in die Höhe, den Vögeln vor die Schnäbel. So jagen, fliegen und schlafen sie einen sehr kurzen Sommer lang, denn schon früh machen sich diese Langstreckenzieher auf den Weg in den Süden. Mit Vorliebe bei bedecktem Himmel sammeln sich die Trupps, ziehen in nur hundert Metern Höhe über dem Boden los, im Gegenwind von Tiefdruckgebieten, weil dort die meiste Nahrung zu finden ist, über Frankreich, Spanien, Gibraltar und die Sahara nach Südafrika, wo sie die nächsten neun Monate über den Steppen und Savannen im Dauerflug verbringen, immer den wandernden Regenzeiten und deren Insektenschwemme folgend, von keinen anderen Seglern bedrängt, weil keine andere Art imstande ist, in der Luft zu übernachten. Sie pendeln bis zum südlichen Wendekreis und zurück – und dann brechen sie wieder nach Europa auf, in ihre Brutgebiete. Durchdringend schreiend kommen sie über den Städten an, deren Häuser ihnen Ersatz sind für fehlende Felsen, paaren sich im Flug, sammeln fliegend das spärliche Nistmaterial und landen ganz oben an Hauswänden, nach Ritzen und Spalten suchend. Zum ersten Mal seit einem Jahr berühren ihre Krallen etwas Feststehendes. Zum ersten Mal müssen sie sich wieder anklammern. Haben sie eine passende Ritze gefunden, bauen Paare das Nest, auf dem sie beide abwechselnd die zwei bis drei Eier bebrüten und in dem anschließend dauerhungrige Hocker die Schnäbel sperren, erst unter dem Bauch des Altvogels hervor, der sie noch tagelang mit seinem Gefieder hudert, dann mit offenen Augen wartend. Die Eltern jagen ohne Unterlaß, verkleben die gefangenen Insekten im Kehlsack mit Speichel zu einer Kugel und stopfen sie den Nestlingen in den Rachen. Wird es zu kalt oder naß, bleiben die Insekten aus. Dann unternehmen die Mauersegler Hunderte von Kilometern weite Wetterfluchten, und ihre Jungen fallen währenddessen in Kältestarre, können lethargisch und mit Glück überleben, sofern das nicht länger als zwei Wochen dauert. Eines Tages arbeiten sie sich an den Rand des Simses vor, auf dem sie geschlüpft sind, blicken aus tiefliegenden, scharfgeschnittenen Augen in den Luftraum, in dem sie bis in die Ferne winzige Bewegungen sehen, zögern lange, ehe sie unwiderruflich die Schwingen ausbreiten …

Meyer blickt kaum auf. Er kennt das Schrillen zwischen den Hauswänden, denkt, wenn er es hört, eine Schwalbe macht noch keinen Sommer, und zählt die Münzen, die er auf seiner Handfläche auslegt, ob sie für die Abgabe des Lottoscheins reichen. Normalerweise verliert er ständig irgendwo Zeit, weiß später nicht mehr, wo er sie verloren hat, vielleicht beim Blick in das Café, in dem hinter Glas ältere Frauen sitzen und gelenkt von traumscharfer Trance winzigste Änderungen des Kuchenbuffets wahrnehmen. Dabei rühren sie in ihren Tassen im Schwarzen. Milchwölkchen kreisen. Diese Frauen sind dauerhungrig. Jeden Tag sitzen sie hier. Oft rufen sie Bedienung!, um nachzubestellen, nehmen schweigend den nächsten Teller in Empfang, stoßen ihre Gabeln durch Glasuren, Schaum und Früchte bis zum

Boden, der solide gebacken genau den richtigen Widerstand bietet, um sie von ihrer Trübnis abzulenken. Sie essen und essen. Meyer trägt den Lottoschein zusammengerollt wie ein Fernrohr.

Seine Frau lag lange krank im Bett, erst zu Hause, dann im Krankenhaus, und Meyer spielte während dieser Zeit geradezu draufgängerisch Lotto, füllte sogar mehr als ein Feld aus, besessen vom Jackpot, in dem einmal 23,1, einmal 19,9, einmal 20,7 Millionen waren. Er hatte immer geglaubt, ein Hauptgewinn könne sein Leben richtig machen, aber als es mit seiner Frau bergab ging, versprach er sich davon obendrein ihre Genesung. Sie schien das zu wissen, denn sie lächelte übertrieben schmerzlich, wenn er ihr beichtete, wieder nichts gewonnen zu haben. Manchmal drückte sie ihm die Daumen. Sie sah ihn sich abmühen, mittels wenig Geld viel zu erreichen, und wie er seinen Einsatz verdoppelte, um dem Wunder auf die Beine zu helfen. Sie hörte ihn fluchen. Bei alledem glitt sie schon hinüber in den Zustand, in dem ihre Lider nur noch gelegentliche Flügelschläge machten, war hinter offenen Augen abwesend. Meyer saß lange an ihrem Bett, hielt ihre Hand und erzählte, was er nach ihrer Heimkehr besorgen wollte, um ihr mehr zu bieten als bisher. Natürlich verstummte er auch. Dann hielt er nur ihre Hand. Sie konnte nichts mehr essen. Schläuche liefen in sie hinein und aus ihr heraus. Ihn übermannte zum ersten Mal die Ahnung, daß er mit seinem Hoffen völlig falsch lag. An diesem Tag nahm er, nur aus Trotz, lauter gerade Zahlen, hatte aber nicht vor, den Schein abzugeben. Das Fensterkreuz im Krankenzimmer warf verdrehte ringende Schatten auf die Gardine, zwang ihn, ein Muster des Scheiterns zu fixieren, das wellenförmig auf ihn zu- und wieder zurücklief, durch jeden Lufthauch neu ins Unvorhersehbare verschoben, mit ihm spielend wie eine kombinatorische Teufelei, die ihre Ergebnisse hinter Ausrufezeichen so hochrechnet, daß keiner sie zu fassen bekommt. Ihm schwebte der entschlossene Anti-Tip vor, bestehend aus sechs ihm heftig widerstrebenden Kreuzchen, dem Schicksal vor die Nase gehalten, um zu demonstrieren, wie wenig er es anbettelte, obwohl er allen Grund dazu zu haben glaubte. Innerlich vibrierte er vor Angst. Die Gardine wehte. Auf dem Nachttisch seiner Frau saß ein Plüschküken, gemacht für Kinder, das er auf ihren dringenden Wunsch hin aus dem Zeitungsladen hatte mitbringen müssen, und starrte ihn infantil an. Meyer hätte es am liebsten aus dem Fenster geschmissen. In seiner Hand wurde der Anti-Tip feucht. Da erwachte die Kranke und verlangte, den ausgefüllten Schein zu sehen. Sie lächelte, als er sagte, er wolle ihn nicht abgeben. Sie bat ihn, es doch zu tun – dies wären, magisch von ihm erfaßt, die richtigen Zahlen. Er solle es für sie tun. Widerstrebend riß er sich los, aber sie schickte ihn förmlich fort, dorthin, wo man ihm diese sinnlosen Kreuzchen quittieren würde. Durch Sonne ging er, durch Wind, das weiß er noch. Irgendwo flatterte Wäsche auf der Leine. Spedition Seele, las er auf einem Lastwagen, der vor ihm abbog, dabei die Straße verdunkelnd. Als er ins Krankenhaus zurückkam, war seine Frau tot. Nur das Plüschküken schaute ihn in ihrem Zimmer noch an, unverwandt, bettelnd. Ausgerechnet jener Lottoschein brachte ihm den Gewinn: So viel Geld, daß die letzten 20,4 Spiele rückwirkend finanziert waren. Trotzdem tippte er die Treffer nie wieder. Sie entpuppten sich als exaktes Sterbedatum seiner Frau.

Meyer, kurz vor der Lotto-Annahmestelle, registriert nun doch, mißmutig, das Geschrei in der Luft über ihm. Was ist bloß mit diesen Vögeln los? Sie tun sehr beschäftigt, obwohl sie augenscheinlich zu ihrem Vergnügen umhersausen, und zwar derartig penetrant, daß man sie nirgendwo landen sieht. Sind wohl einfach nur ganz außer sich vor lauter Freiheit da oben. An schönen Tagen bedecken sie die Stadt wie ein Dach. Meyer kann den Ton nicht leiden, den sie ausstoßen, denn er lag auch in der Luft, als seine Frau verbrannt wurde. Über dem Schornstein des Krematoriums kreisten die schwarzen Vögel, und Meyer stand unten, die Hände tief in den Hosentaschen, und sandte diesen Sichelschwärmern den gleichen schlimmen Blick, mit dem er eine Zeitlang jeden bedachte, der weiterlebte, nachdem seine Frau als Asche geendet war. Sie hatte es so haben wollen. Wollte mit ihrer Grabpflege niemandem zur Last fallen. Trotzig kümmert Meyer sich seitdem um das winzige Stück Land über ihrer Urne. Gerade war er da, hat nachgesehen, ob kein Unkraut gewachsen ist. Man muß ja doch immer gießen, hörte er die bekannten Stimmen hinter seinem Rücken davonklappernd sagen. In seiner Brust fühlte sich etwas an wie ein Klammerbeutel.

Die Nemesis, nackt auf ihrer Kugel stehend, schwebt ein. Da keiner auf sie achtet, wärmt sie sich an den Studiolampen, während ein Beamter den ordnungsgemäßen Zustand der Glücksgeräte überprüft. Aus tiefliegenden, scharfgeschnittenen Augen verfolgt sie, wie er 49 numerierte Kügelchen aus dem Tresor holt und in ihrem Sortierkasten in die Halterung oberhalb der Trommel einhängt. Von dort werden sie fallen. Ihr entgeht nichts, vor allem nicht der Glaube an die Würde einer Apparatur, der hinter dem zur Schau getragenen Ernst steckt. Das belustigt sie. Ein Aufsichtsbeamter und ein Polizist sollen Wahllosigkeit garantieren, machen jetzt also die obligatorische Probeziehung.

49 Kügelchen stürzen über die schiefe Ebene in die Glastrommel, werden durch ihr Drehen gemischt, bis alles nach einem Zufallsexperiment aussieht, in dem das blind schaufelnde Schicksal mitten zwischen den Haufen fährt und eine Ergebnismenge produziert, die Wahrscheinlichkeitsmathematiker Urnenmodell ohne Zurücklegen nennen. Zwinkernd quittiert die Nemesis, welche Zahlen während des Testlaufs gezogen werden: 9, 13, 17, 19, 25, 39. Dann balanciert sie den Stand auf ihrer Kugel neu aus, verpaßt dadurch die Zusatzzahl, die sie der Maschine beliebig überläßt. Im Studio flammen noch mehr Lampen auf. Gleich wird es wirklich.

Meyer sieht einen Kullerregen aus blauem Himmel fallen, sieht ihn auf sich zuspringen und das Wort Lotto erscheinen. Hoch über anderen Häusern ist der gläserne Raum, in dem streng überwacht und live übertragen eine Frau Versprechungen moderiert. Als erstes erwähnt sie die zuletzt ausgeschütteten Gewinnsummen, heimelt den Befund an, indem sie die Gegenden nennt, aus der die Glückspilze kamen. Passiert es nebenan, kann es auch in diesem Wohnzimmer passieren. Überdies schillert in ihrem Mund der Jackpot, zum Bersten gefüllt. Meyer findet alles gewohnt durchsichtig: die Studiowände, die Ziehungsgeräte und die Bluse der Lottofee, die eine echte Venus aus ihr macht. Wieder einmal meint er, es müsse mit rechten Dingen zugehen, ist voller Hoffnung. In seiner Hand klebt der Normalschein mit Kreuzchen im sechsten Feld. Die Prozedur beginnt. Zu sanfter Musik schwingt der Arm der Lottofee hoch und deutet auf die Gewinnzahl im Spiel 77, die schon mal nicht mit Meyers Losnummer übereinstimmt. Dann dreht sich die Glastrommel, bewegt Schicksale, rollt sie umeinander dank komplizierter, unberechenbarer Mechanik, die der Auswahl von gerade einmal 49 Angeboten zu gewissem Pep verhilft. Erste auf die Schaufel rollende und somit gezogene Zahl: 2. Meyer flucht unbändig. Bleiben noch 42 bis 43 Möglichkeiten, danebenzuliegen. Er schöpft sie aus. Sanfte Musik begleitet die Falschheit, spielt ihr auf, während sie im und gegen den Uhrzeigersinn rotiert und Ergebnisse in abgesägte Reagenzgläser plumpsen läßt. Die weiteren Gewinnzahlen: 4, 6, 8, 10, 12. Als die Zusatzzahl 14 heißt, ist Meyer erledigt. Das war natürlich kein Zufall! In ihm tobt der Gott des Ungeraden, zersticht Seifenblasen, heult. Sollte es diesmal leider nicht geklappt haben, hört er die Lottofee sagen. Dabei dreht sie sich aus Versehen etwas zu weit herum, so daß sie ihm kurz ihre Rückseite zuwendet. Meyer schluckt. Zwar ist das Mikrofon dort richtig befestigt, aber gleichzeitig hängt es im Nichts, denn statt eines Frauenrückens lauert eine schwärende, zerfressene Leere – droht, ihn einzusaugen. Er blickt in die schwarzen Augen der Nemesis.

JULI

Hochsommer. Schmetterlinge flattern auf, verschwinden. Sie beleben die Hitze: Landkärtchen, die flüchtig auf- und zugeklappt werden, die im Davonwirbeln farbige Ansichten schicken wie hingeworfene Urlaubsgrüße

Schön ist's am Eberbach

Schön ist's am Hirschkopf

Schön ist's bei Katzenfurt

Wolkenlos glaubwürdig spannt sich ein Stahlband übers Meer. Wellen kommen an, schaukeln

Die Matten stecken voller Blumen. Schwankende, summende, pelzige Hubschrauber torkeln in ihnen auf den Frequenzen des Honigs, sammeln Staub, der abfällt, tragen ihn weiter

Schön ist's am Edelweißgrat

Auf der Alm, auf einem Vorleger aus Grün, ein Glas Buttermilch

Freie Sicht bis zum Großmann

Klare Sicht bis zur Kette des Schnees

Plaketten auf Wanderstöcken drücken kleine Reliefs in die gute Luft

Schiffe ziehen vorbei. Mit Sand beladene Handtücher sind Liegeplätze. Eine Frau im blauen Bikini, am Rand der

Gezeiten stehend als einziger Punkt im Raum, bietet sich der Sonne dar

Bäume, bis unters Kinn weiß eingewickelt, niedergeschmettert von Früchten

Mitte des Jahres: Samenbildung

Schöne Grußreise, ruft ein Kind am Flugsteig

Knackend platzen Ginsterschoten auf

Geschrei weht von der Rutsche in den Binnensee. Rettungsringe hängen glühend neben wegtrocknenden Fußspuren

Der Schatten eines Vulkans auf dem Wasser. Davor ein Tischchen mit zusammengerollter Zeitung, Glas und Tasse

Eingezäunte Altertümer buckeln unter Tritten von Liebhabern, die mimosenhaft alles anfassen, um gleich darauf ihre Hand wieder wegzuziehen und verstohlen zu winken

Reizendes Land der Oliven

Korbkäseland

Gewürze zwischen Geröll

Hinter den Bergen Mehlspeisen

Gutmütig bimmeln Kuhglocken, halten inne, solange Ansprachen dauern. In höheren Lagen Verbiß, der bleibende Klarheit schafft. Eine Stockwerkstorte aus Fülle und Kargem, ein Aufbau bis in die Region der Kürzel, mit Messern ins Gipfelkreuz geschnitten

Wildwasser und Wechselstuben

Ein alter Mann hält sich an einem Straßenschild fest, betrachtet das zu schnell fahrende Leben

Schön ist's im Fernwald

Schön ist's im Wiesental

Schön ist's am Rotfels

Schön ist's bei Sankt Lug

Hausrat auf einer Achse, so gestaucht, daß er überall hinpaßt. Zimmer, gezogen zum Licht, dann abgestellt und bewohnt

Wandernde Dünenkissen, schwappender Spiegel, umfallende Flaschen, Algenblüten

Krähen fliegen nachlässig, wie Putzlappen, die geschwungen werden

Schöne Gegend

Unverfälscht

In der Hitze stockt Geruch: Fuchslosung, Stinkmorcheln, Grillwürstchen

Der Rosenstrauch trägt dreizehn lachende, bacchantische Gesichter und wirft eins nach dem anderen ab

Decken auf braunem Gras, benommen darauf die Herde der Nackten. Die Sonne stempelt Brandzeichen

Das Korn ist reif

Das Korn ist weg. Es staubt. Staubkorn, weggespült mit Limonade

Versammlung vor einer Konzertmuschel. Während die Kurkapelle ihre Instrumente stimmt, sitzen Vögel im Baum, putzen sich, legen ihre Flügel zurecht

Muschelsammeln: verkalktes Perlmutt, aufgehoben als Währung des Erinnerns

Der Steg

Der Steg hinaus

Der Steg hinaus mit dem leeren Pavillon voller Glücksspiel

Burgen zerrieseln am Strand

Wälder, die sich selbst entzünden. Auf einer Lichtung glühen Flaschensplitter. Unverwandt strahlt der Mittag durchs Brennglas, prostet sich selber zu, bis Funken überspringen

Große Erholung in Ledermontur. Paßstraßen hinauf, Blick aus der Haltebucht, abwärts im Kurvengewinde

Erntehelfer machen Rundrücken

Das Klacken eines Beregners, immerzu seine Richtung ändernd. Verdunstende Ausdauer

Grüße vom Rand

Grüße aus dem Hinterland

Ein Junge sitzt auf dem blendendweißen Sockel des Gekreuzigten

Zu entdecken: gekelterte Armut, Steinspeicher, Pranger. Mit schattenloser Gewähr

Grüße vom Kammweg

Grüße aus der verwanzten Unterkunft

Einen Pilgergruß

Grüße aus Kopfschmerz und Blei

Kleben am Quecksilber

Der Ventilator rührt das Stehende um: Fritierfett, Schweiß, grimme Fußnoten

Eiscreme tropft

Unter dem Tisch liegt ein Hund wie eine Bierlache

Schwere Reisende in leichten Stühlen. Nach dem Picknick Abdrücke, die sich lange nicht aufrichten

Beeren fallen zu Boden, werden Saft

Dösen unter der Hutkrempe

Ins Blaue

Wenig Ballaststoff

Rechnen mit Blau

Losgelassene Luftballonfarbe

Ameisen schleppen Blattläuse herbei, setzen sie nebeneinander, betrillern ihren Hinterleib und schlürfen das austretende Zuckerwasser

Verwaiste Trimmpfade schildern Übungen, die keiner turnen will. Müdigkeit am Nutzholz. Auf den Geräten Borkenkäferfraßgänge, hin- und hergewunden

Ein Spaziergänger mit hochgekrempelten Hosenbeinen schlägt Fliegenpilzen die Köpfe ab

Schön ist's im Fuchsgrund

Schön ist's im Dachswinkel

Schön ist's bei Waldkater

Ganz und gar stabile Schönwetterlage

Hier ging Rotkäppchen

Hier lebten Dinosaurier

In der Ausflugsgaststätte hüpfen Spatzen nach Krümeln

Das Meer auf einer Briefmarke leckt gegen die Küste

Verwischte Anschrift, getränkt von Sonnenöl. Der Gruß kommt nicht vom Fleck, geschickt aus Breitweinland

Die riesige Ladeklappe einer Fähre, die sich im Wegfahren schließt

Kinder, barfuß schnaufend, holen mit Schaufeln Wasser aus der Brandung

Parzellen voller Sommersprossen

Sichtblenden

Lichtschutzfaktoren

Badelatschen

Kühlbox unterm Götterbaum

Im Steilhang igeln Orte sich zwischen Agaven ein, wenden Besuchern zusammengeschnürte Gassen zu, die auf leeren Plätzen enden

Flirrende Segel weit draußen

Vertrocknete Schritte

Zuklappende Fensterläden

Pause Zeit

Orte mit schwierigen Namen

Abgelegenes fällt ins Gewicht

Fremdsprachen singen. Dringen durchs Wachs

Unvergeßliches Gesicht über einer Toreinfahrt: erschlagen streckt es die Zunge heraus

Ein schläfriger Hauch

Gräser, zerstreut durchgedäumelt von Lüftchen, werden Heu

Asphalt flimmert

Täuberiche rotieren auf Firsten um die eigene Achse, rucken, gurren und blähen sich wie aufgezogen, flattern eine kurze, klatschende Verfolgung lang, beginnen aufs neue zu rotieren, gesperrt in die Spieluhr des Begehrens

Hier ragen Balkone

Hier ragen bepflanzte Balkone heraus

Schön ist die Ringelblume

Schön ist das Fleißige Lieschen

Schön ist die Schwarzäugige Susanne

Schön ist der Bohnenstrauch

Kleingärtner hantieren hinter Spalieren

Stauden fallen auseinander vor Pracht. Wurzeln sprengen Ton. Scheren kappen Geiltriebe. Verblühtes wird ausgekniffen

Jelängerjelieber umwindet, was da ist, und erstickt es durch Schönheit

Fünf Etagen hoch rankt hybrides Grün

Mit zugehaltener Nase, quer zur Bahn gekrümmt, ein Sprung vom Turm ins Becken. Schmerzend embryonaler Aufprall

Die Umkleidekabinen haben Löcher

Gänsehaut

Unerfahrene, Handtücher um den Kopf gewickelt, taumeln über einen gleißenden Grat, rings um sich die schneidenden Pfiffe der Murmeltiere

Ein Pferd rast über die Weide, seine Flanken von Bremsen zerstochen

Warten an der Tränke. Kuhmäuler, schwarz vor Fliegen, krabbelnde Augenringe, Schwänze peitschen das eigene Fell

Mistkäfer rollen Kugeln vorbei

Aufgestörte Mittagsruhe: nichts

Ohne Rufe kreisende Raubvögel

Eine Geschichte in Großdruck: Alles wird gut

Leichte Lektüre auf dem Oberdeck

Broschierte Hoffnung: Alles wird gut

Getönte Sicht auf Rettungsboote

Der Pool schwappt türkis

Schöne Grüße

Schöne Grüße gehen von Bord

Kurz vorm Hitzschlag

Eine Trompetenblumeninsel, umrundet von fetten Fischen

Männer stemmen ihre Füße gegen den Teichrand, lassen ferngesteuerte Schiffchen fahren

Schachspieler rochieren. Nachdem sie lange bewegungslos zwischen ihren Figuren standen, packen sie den König und tragen ihn in Sicherheit

Schildkrötengleiten

Im Gehege verschrumpelter Salat

Wackelnde Finger zwischen Drahtrauten

Locken und Stochern

Echsenlid, weggezogen unter Orakelpanzer

Wie lange wird der Sommer dauern?

Blick durch den Türspalt: verengte Pupillen

Jemand zählt Schafgarbenstengel ab

Strohhalme stehen in Drinks

Schön

Schön hier

Die schönste Zeit des Jahres

Stunde des Wiederkäuens. Ganze Herden mit dem Rükken zur Sonne

Ausgesetzte Haustiere rascheln im Gebüsch, versuchen, den Heimweg zu finden

Campingfreunde, ihre eigenen Herren, begegnen einander mit Diademen aus Schweißperlen

Selbstbräuner, abfärbend beim Händedruck

Wildes Zelten

Heringe auf Fels

Studentenfutter, über dem Kaisermäntel flappen

Bunte Sessel schweben über Baumwipfeln

Gletscher schmelzen, legen verunglückte Bergsteiger frei

Die Köpfe von Badenden, auf- und abtauchend im Seegang

Schön ist's am Kühlen Born

Schön ist's am Gurrestrom

Schön ist's im Hellholz

Schön ist's an der Sandigen Schulter

Toiletten und Waschgelegenheiten

Trampelpfade

Kahle Stellen im Rasenstück

Im Wettstreit springen Rasenmäher an, um den Gegner kurzzuhalten

Klimaanlagen arbeiten. Männer verlängern mit bloßer Brust die Fahrbahn, schütten kochenden Teer auf die Straße

Temperaturrekorde

Am Himmel ziehen Quellhandschuhe auf. Graues Grollen gequetschter Luftmassen

Ein Hut reißt sich los

Böen schieben Sonnenschirme umher

Wespen verschwinden im Nest

Schwüle Fermate

Ein vor Spannung brüllendes Baby

Das Gewitter, unausweichlich, entlädt sich und spült mit schwerem Regen

Rittersporn sackt ins Beet

Blüten pflastern die Erde

Pfützen verdampfen

Hinter der Front Glitzern

Büffel erwarten mit gesenktem Schädel, aus dem Pflug geschirrt zu werden. Ruhig stehen sie im gefluteten Feld

Der Fährbetrieb endet

Enten treiben vorbei, leichte Fracht in der Strömung

Kopfunter zwischen Wasserlinsen hängend, zucken Mückenlarven vor dem Schlüpfen

Libellen packen einen Fang. Wie in einer Wiege liegt er in ihren Greifarmen

Weitläufiger Sonnenuntergang

Das Ausgrabungsgelände schließt. Hinter Säulen kommen die Besucher hervor, Rucksäcke und Haltungsfehler passieren das Drehkreuz

Zeit, sich frisch zu machen

Zeit für den Aperitif

Schön schwojen die Barken im Hafen

Schöner Ausklang

Schöne Zigeunermusik

Schöne Beine

Im Freien sind alle Tische besetzt

Der vielgeflügelte Korpus der Stare fällt in seinem Schlafbaum ein und streitet, was dran war am Tag

Kugellampen werden heller, umflirrt von Insektenwolken

Luftmatratzen schrumpfen

Der Wirt im Karstgebiet serviert Butterbrote und Schnaps

Gipfelglühn

Ein Rausch paßt in die kleinste Hütte

Auf noch immer warmer Mauer sitzen Dorfvorsteher und beschweigen das Vorübergehende

Jemand spritzt einen flachgefahrenen Salamander weg

Nachtigallen-Ouvertüre

Furchtloser Gang auf den Hügel, um übers Tal zu schauen. Strophenweise schwingt ein Volkslied vor und zurück

Dämmerung sinkt, verteilt Pflanzenduft

Am Waldrand grüne Morsezeichen

Müßte schön sein, woanders zu leben

Für immer hier

Kühle Laternchen hocken auf Halmen. Suchflüge morsen über ihnen

Tönend wölbt sich der uralte Dom der Grillen

In der Ferne Hundegebell

Das Meer schlägt gegen die Mole, tiefatmend

Vom Waldrand lösen sich Gestalten und äsen

Niemand will zu Bett

Kerzen und Gartenfackeln

Nackte Füße in Sandalen

Gelächter

Glühwürmchenhochzeit: Punkte, die phosphoreszierend aufflammen

In die Landschaft verstreutes Zifferblatt

Du liebe Zeit

Ein schöner Flecken

Meyers Zeh ragt in das Urlaubsbild.

AUGUST

Nicht jeder, der sich nach fortgeworfenen Pfandflaschen bückt, hat es nötig, hebt doch auch Meyer, wenn ihn während der warmen Jahreszeit sein Weg am Bahndamm entlangführt, einiges von dem auf, was dort gedankenlos herumliegt. Es ist bares Geld, was andere zum Abteilfenster hinausschmeißen. Ein halbes Vermögen liegt auf glühendem Schotter. Es genügt, sich danach zu bücken. Die meisten lassen fallen, was ihnen zwischen die Finger kommt, können nichts behalten, schon gar nicht, daß die Dinge Pfänder sind, die es erst ganz zum Schluß einzulösen gilt. Großkotzig verschleudern sie, was sie haben; nur beschäftigt mit Geldverschenken, verbreiten sie eine Art ständigen Durchfall, der ansteckt. Egal – die Leute habens ja. Darum mit vollen Händen hinaus. Anschließend krümmen sich ein paar Figürchen am Bahndamm, um Wertstoffe aufzuheben, und während die Müllhalden wachsen, nehmen sie in Obhut, was noch brauchbar ist.

Nicht jeder, der die Hinterlassenschaften anderer durchmustert, findet so viel wie Meyer. Mal eine Münze, mal eine Mütze, Flaschen und Getränkedosen zuhauf. Einmal zog er sogar aus dem riesigen Kandelaber einer Königskerze ein Goldkettchen, das sich dort verfangen hatte, dachte sofort an einen Lustmord und steckte es kleinlaut in die Hosentasche. Da er gründlich schaut, entgeht ihm auf solch einem Spaziergang kaum etwas. Regelmäßig kommt währenddessen der Regionalzug vorbei, und nachdem er ein paar Schritte beiseite getreten ist, sieht Meyer, wie aus dem einen oder anderen Wagen hochkantig Schätze herausfliegen, oft direkt vor seinen Füßen landen. Schwitzend verstaut er Leergut und anderes in einem auseinandergefalteten Beutel, wandert über die Schwellen des Rangiergleises. Links und rechts züngelt blau und genügsam der Gemeine Natternkopf. Zwischen den Blättern entdeckt Meyer eine defekte Taschenlampe. Soll er sie mitnehmen und versuchen, sie wieder hinzukriegen? Zu Hause am Küchentisch hat er seine Werkstatt. Er breitet dort alte Zeitungen aus und widmet sich konzentriert wie ein Uhrmacher den versehrten Funden, dreht sie minuziös hin und her und überlegt, was zu retten ist. Auch in seinem eigenen Haushalt schwächeln Patienten. Viel zuviel geht kaputt, obwohl nicht einzusehen ist, warum es kaputtgeht. Warum muß etwas kaputtgehen? Solange irgend möglich, behilft er sich mit Eigenreparaturen, wechselt ermüdete Teile aus, knotet Schnüre um Marodes, hämmert Schwund zurück in Form, leimt Sollbruchstellen, lötet Metall, schmiert Gelenke, traktiert angestrengt den Lauf der Dinge, den er, wenn er ihn sich vornimmt, Murks-Patent nennt. Fast alles ist heute Murks. Beugt er sich über Kaputtgegangenes, weigert er sich jedoch, das Ende zu denken, denn verlassen zu werden ist der größte Verrat. Muß er ihn akzeptieren, überlegt Meyer finster, ob nicht ohne das entsprechende Ding auszukommen wäre. Schließlich galt es als langlebig, und das, was die anderen sich bieten lassen, läßt er sich nicht bieten. Er verlangt Funktionstreue.

In seinem Umfeld liegt flurbereinigtes Gelände. Abgeerntete Stoppelflächen fassen die Gleise ein, die sich in der Hitze dermaßen dehnen, daß die Fugen zwischen ihnen verschwinden. Weder Unkräuter noch Gestrüpp gliedern das fahle Gelb, über dem einzelne gelockte Wölkchen schweben; nur den Bahndamm besiedeln die genügsamsten der Genügsamen. Meyer will pfeifen, aber sein Mund ist zu trokken. Wie immer hat er vergessen, etwas zu trinken mitzunehmen. Auf dieser freien Strecke, auf der Signale schon früh sichtbar sind, findet er keinen Schutz vor der Sonne. Trotzdem bleibt er.

Unnötig zu glauben, die Welt spiele Goldesel. Sie ist so blank wie die Gleise. Entlockt man ihr ihren Reichtum nicht, legt man sich nicht krumm, rutscht einem der ganze Sinn durch die Lappen, denn der funktioniert wie Tagebau: Auch, was offen zur Verwertung daliegt, muß erst gesehen werden, muß erst geschätzt werden, muß erst gehoben werden, und zwar von den Richtigen.

Meyer findet nur noch Schirmknäufe und Kaugummipapiere. Er stolpert über ein dickes Kabel, das aus dem Boden ragt. Sein Kopf tut ihm weh. Die Schwellen braten mürrisch im Gleisbett. Über den Gleisen das elektrische Gespann, schneidend vertäut. Er trippelt, denn die Schwellen folgen einander in dummem Abstand. Sie zwingen ihn zu Zwergenschritten auf seinem Rangiergleis, stutzen ihn zurecht, als ob er etwas verkehrt machte. Lachhaft. Inmitten des abgebrannten Landes kommt der Sportplatz zum Vorschein, auf dem er manchmal das Training der Kreisligamannschaft beobachtet, unter den vielen bunten hin und her rasenden Punkten fixiert auf den Ausputzer, der hinter den Stürmern sein zugleich untätiges und hysterisches Dasein fristet, alleingelassen mit dem Torwart in einem Raum, den beide zu schützen nicht Manns genug sind. Meyer hat schon diverse Male gesehen, wie der Ausputzer so daneben lag, daß er sich anschließend auf der Ersatzbank wiederfand; er schrumpfte zu einem Pünktchen zusammen, und die Wutschreie der Zuschauer spuken Meyer noch in den Ohren, füllen seinen Kopf zum Platzen, echoen auf dem zertretenen Rasen, den er langsam aus dem Blick verliert. Ihm ist schlecht. Seine Schritte knirschen kurz und trocken, kurz und trocken, bis sie zwischen Lärmschutzwände geraten, wo sich ihnen ein minimaler Hall beigesellt. Er wird von den Wänden zurückgeworfen. Meyer im Abseits ist unterwegs zum Haltepunkt der Bahn, aber der ist noch weit. Links und rechts blasen sich Schmierereien auf. In schreienden Farben haben Dreckfinken ihre Namen ausgestoßen, einen nach dem anderen, die Buchstaben torkelnd untergehakt und gebläht wie aufgepumpt, und quälen den Steuerzahler mit diesem Wandbelag aus verwünschten Visitenkarten. Was für ein Flurschaden! Wie Köter das Bein heben Sprayer die Dose. Erwischt man sie, sollte man kurzen Prozeß machen. Mit einer Farbpistole sollte man sie so zeichnen, daß es nie wieder abgeht. In Meyers Kopf sticht es, während um ihn herum eine Horde Graffiti über die Lärmschutzwände tobt. Fremde Zungen, zum Hohn gewunden. Untäter. Ihr Dasein ist langlebiger als das der Dinge, die sie bedecken. Bis hierhin läßt er sich von ihnen traktieren, aber nun wird es ihm zu bunt. Beinahe weggetreten, schleppt er sich zur nächsten Fluchttür.

Er öffnet sie. Eine stickige kleine Wildnis empfängt ihn. Ausgespart von der Raumordnung, hat sich rund um einige Tümpel lauter Grün miteinander verfilzt und brütet Mükken aus. In diesem schwülen Dickicht muß Meyer durch Brennesseln und Schlingen, Moder und Pfützen. Er weiß, daß hier irgendwo das aufgegebene Haus ist, in dem sich bis vor kurzem der Ausländer versteckt hielt, den keiner näher kannte, obwohl er manchen Leuten bei kleineren Arbeiten zur Hand ging. Er mußte schon jahrelang hier gelebt haben, war nie unangenehm aufgefallen, kam meistens nur zum Einkaufen heraus. Jetzt, nachdem ihn die Polizei geholt hat, will Meyer sich einmal ansehen, wie er hauste. In seinem Kopf pocht es, als ob sein Gehirn die Schale sprengen wollte. Er hat verfluchten Durst. Planlos schlägt er sich durch. Da ist es: Ruiniert und fast ohne Dach kauert das Mauerhäufchen, das einst ein Heim war, auf einer notdürftigen Lichtung. Meyer stellt seinen Beutel ab und geht näher heran. Er atmet schwer. Das Gemäuer wird schon überwuchert von Klammerern und Kletterern. Sie erdrücken es peu à peu. In Zeitlupe ziehen sie die Schlinge zu, aber noch gibt es Hohlraum, in den ein Mensch paßt. Zwischen den Wänden in einer Nische liegt ein Schlafsack. Auf dem ehemaligen Fensterbrett findet er einen Becher und eine Zahnbürste. Ein Buch liegt aufgeschlagen auf dem Rücken. Der Titel sagt Meyer nichts. Sie müssen den Ausländer überfallartig abgeholt haben, wenn er selbst seine wenigen Dinge nicht zusammensuchen konnte. Wie hat er es so lange ausgehalten, ohne Leitungswasser, ohne Strom? Wie hat er die Mücken überlebt, die Meyer bereits tüchtig zerstochen haben? Er durchwühlt die Hinterlassenschaften des Fremden nach etwas zu trinken. Nichts. Erschlagen setzt er sich auf einen Steinhaufen, läßt den Kopf und die Arme hängen. Seine Hände pendeln kurz über dem Boden, zwei helle Flecken im verborgenen, Geschehnisse ohne Wert für Augen, die auf Beute warten …

Aus dem Steinhaufen lugen zwei waagerecht-oval stehende Pupillen, gerahmt von goldenem Staub, in deren Loch das Bild der Umgebung fällt. Es landet auf Netzhäuten, wandert Sehnerven entlang, die sich kreuzen, kommt am Dach des Mittelhirns an, wo Fragen und Schlüsse reifen. Ist es belanglos? Ist es gefährlich? Ist es Regenwurm, Raupe, Käfer? Hände sind unbekannte Größen für die Erdkröte. Sie schwingen durch ihr Blickfeld, ohne Fang- oder Fluchtreflexe auszulösen. Nicht einmal die Pupillen verengen sich, wenn diese kurze Helle auftaucht, sie bleiben starr wie das Tier. Warzenübersät hockt es in seinem Unterschlupf und wartet auf den Abend. Nur die Kehle pulsiert. Die Erdkröte ist eine gewaltige Wanderin, die vollkommen stillsitzen kann. Im Frühjahr macht sie sich auf zu dem Gewässer, in dem sie geboren wurde, humpelt hüpfend vorwärts, die Weibchen die angeklammerten Männchen wie Rucksäcke schleppend, laicht ab, verharrt ein paar Wochen, wandert weiter ins Sommerquartier, Kilometer zurücklegend auf behäbiger Reise. Solange sie nicht ausgewachsen ist, platzt immer wieder ihre Oberhaut auf. Die Kröte kratzt sie mitsamt den leeren Ausstülpungen herunter und stopft sie sich ins eigene Maul, sich selbst verschlingend, um neu zu werden, ihre Hülle vertilgend, ohne sich aufzugeben, unbeweglich im steten Wandel. Ein nächstes, jeweils noch deutlicher geflecktes Kleid kommt zum Tragen. Es verwischt die Konturen ihres Körpers noch mehr, läßt ihn verschmelzen mit der Umgebung, Moos auf Moos, Erde auf Erde, Warzen wie zufällige Unregelmäßigkeiten. Kommt eine Raupe vorbei, orientiert die Kröte vorsichtig Kopf und Leib in ihre Richtung, fixiert sie, schleudert ihre lange klebrige rosa Zunge heraus, so daß die Raupe blitzschnell gefangen ist. Schlängelt sich ein Regenwurm ins Gesichtsfeld, schnappen ihre Kiefer zu, und sie frißt ihn Stück für Stück, mit den Vordergliedern nachschiebend. Nimmt sie jedoch Flinkes, Dunkles wahr, vermutet sie einen Feind und hebt sich auf allen vieren in plumpe Drohstellung – oder flieht, hüpfend und humpelnd. Vor solchen Ängsten schützt sie nur die paßgenaue Zuflucht in einer Höhlung, vielleicht in einem Steinhaufen. Dorthin zieht sie sich zurück, während der Hitze ihre Haut kühlend, einen Ausschnitt vor Augen, in dem ganz langsam durch Bäume gefilterte Lichtflecken wandern und alles andere stabil bleibt. Drei Sekunden lang existiert Stillstehendes, danach muß die Erdkröte das Bild durch leichte Kehlbewegungen erschüttern, um es noch wahrnehmen zu können. Ihre Augen, aus dem Kopf gewölbt wie die Periskope eines U-Boots, blinzeln ab und an. Lider wischen über Regenbogenhaut aus verschüttetem Gold. Pupillen spiegeln resonanzlos den Schwung zweier Hände …

Meyer füllt den Zahnputzbecher des Fremden mit einem

Rest Wasser, den er doch noch gefunden hat, und trinkt es mit zusammengebissenen Zähnen, weil er fürchtet, es wimmele vor Leben. Immerhin fühlt er sich danach in der Lage, seinen Abstecher als Umweg nehmend, zum Haltepunkt der Bahn weiterzugehen, wo es Schatten geben wird. Er stellt den Becher wieder zurück, wirft auf das zerfallende Haus einen letzten Blick und verläßt das Dickicht, wie er gekommen ist, trifft die Fluchttür nur aus Zufall. Erbarmungslos schmort die Strecke immer noch vor sich hin. Meyer, ein Ziel vor Augen, dem er langsam entgegenwandert, bewältigt sie.

Am Haltepunkt ist wenig los. Früher war hier ein Bahnhof; jetzt müssen eine Überdachung, ein Fahrkartenautomat, eine Uhr, eine Bank, ein Fahrplan, ein Lautsprecher und drei Mülleimer genügen. Auf der Bank sitzen tagaus tagein ein paar Arbeitslose und trinken. Wahrscheinlich kaufen sie den Fusel vom Erlös der Pfandflaschen, die sie aus den Mülleimern angeln, aber auch Meyer schaut gewohnheitsmäßig umher, ob er etwas Brauchbares erlösen könnte aus der Vergänglichkeit. Vorsichtig bewegt er sich über den am weitesten von der Bank entfernten Teil des Bahnsteigs, tut beiläufig, aber obwohl es hier keinerlei Personal gibt, wird jeder Übergriff registriert: Die Männer auf der Bank drehen sich zu ihm um und mustern ihn.

Penner! Dem Staat auf der Tasche liegen und sich unentwegt Mützen voll Schlaf holen, Hände in den Hosentaschen, wenn sie nicht an der Pulle kleben, und überhaupt immer freie Zeit, immer Freizeit, und keine andere Idee, als auf dieser Bank zu hängen wie Harz, mit sommers wie winters zugeknöpften Jacken, mit verschlagenen Mienen, mit schwammigen Augen, ausweichend, aber da, allen im Weg, die sich mal ausruhen wollen, weil sich hier dauerhaft ausgeruht wird auf vertanen Jahren, weil hier rumgesessen wird mit schrägem, wegrutschendem Blick, sehr schwer vermittelbar.

Eine umgeworfene Flasche rollt auf Meyer zu. Klagend rumort sie auf dem beinahe entvölkerten Beton; ihr langgezogenes Weh kommt direkt vor seinen Füßen zum Halt. Er ist empört, traut sich aber nicht, irgend etwas zu sagen. Die Arbeitslosen rücken heran, Hände in den Hosentaschen. Er stellt seine bisherige Last ab. Schluckt. Strafft die Schultern und wünscht sich Platzpatronen. Die Szene ist ihm merkwürdig vertraut: Erst kürzlich hat er sie wieder auf einer Naturbühne gesehen, denn das, was ihm die Rückgabe der Flaschen bringt, investiert er einmal pro Jahr in einen Ausflug ins Mittelgebirge, zu einem steilen felsigen Hügel mit Wacholdersträuchern, vor dem Winnetou und Old Shatterhand das Böse besiegen. Meyer sitzt inmitten knallender Colts, galoppierender Rothäute und Musik vom Band und klatscht begeistert. Die Luft brennt. Dauernd wird aufgetreten und abgegangen. Dreißig Darsteller und über zwanzig Pferde überzeugen ihn, aber am meisten liebt er Spezialeffekte: Wenn die Hängebrücke, über die der Bösewicht flieht, gesprengt wird, wenn 100 000 Liter entflammtes Wasser zusammen mit dem Banditen in die Tiefe stürzen, wenn ein ganzer Berg explodiert und den Gesetzlosen sechzehn Meter hoch schleudert. Alles Gemetzel wurde nach Feierabend und an Wochenenden geprobt, bis es gelang. Postkutschen flitzen vorbei. Von Fehlschüssen spritzt Sand auf. Männer fallen aus dem Sattel und sind tot. Viertausend Zuschauer stöhnen. Und dann schnauft eine echte Dampflok aufs Gelände und wehrt sich auf ihrem kurzen Gleis gegen einen Indianerüberfall. Kunstglas splittert, Möbel und Nasen brechen, flankiert von Geräuschen aus dem Regieraum. Bunte Federn trudeln umher. Mokassins drücken. Die Indianer müssen abziehen. Meyer erlebt eine Plackerei, die sich lohnt, weil sie zu einem guten Ende führt, und vergißt während der Aufführung völlig, daß er in der Ferne ist, gehen ihm doch die Abenteuer nah, die er unter der Bettdecke, im Taschenlampenlicht, kennengelernt hat. Immer wieder zieht es ihn dorthin, wo die Herzen wilder schlagen.

Die Männer von der Bank, schon in Reichweite, schweigen wie einstudiert. Sie schlurfen auf der ganzen Breite des Bahnsteigs vorwärts, lassen Meyer dabei nicht aus den Augen. Er hat das Gefühl, ein schrilles jaulendes Pfeifen zu hören, als nähere sich eine Dampflok – nein: einen Zitterton, als würde er gehängt zu Mundharmonikamusik.

Gute Nacht! Gute Nacht und kein Bett. Wenn Arbeitsscheue jemand ansteuern, gibt es Ärger.

Das vermeintliche Rollkommando knöpft sich Meyer vor. Fragt ihn, ob er etwas trinken möchte. Er schaue ja grausam aus mit seiner knallroten Birne. Ob er keinen Hut hätte, Cowboy? Sie haken ihn unter und schleppen ihn mit zur Bank, wo ihm gleich ein Wacholder eingeflößt wird. Er versucht sich zu wehren, aber es geht daneben. Noch einen Schluck, heißt es. Was er hier suche. Dies sei ihr Gebiet hier. Er wolle doch wohl nicht wildern, solche Leute hängten sie nämlich an der Vorhaut auf. Noch einen Schluck Flammenwasser, heißt es lachend. Meyer sitzt nach vorn gebeugt. Seine weißen Hände baumeln. Weiter hinten, dort, wo auf dem Bahnsteig niemand hinkommt, wächst zwischen den Fugen das kleine und das große Grauen. Er ist mitten in einem Gemetzel und muß rülpsen. Er ist blau. Wer macht hier blau? Vorsichtig schaut er sich das verworfene Humankapital an, das ihn am hellichten Tag flankiert. Die Männer haben keine bösen, nur rundum verschlossene Gesichter. Sie sagen nichts mehr. Es ist, als hätten sie Asche im Maul. Am stillgelegten Ende des Bahnsteigs schrillt ein Fernsprecher in einem Kasten. Meyer steht auf und behauptet, er müsse gehen.

Sein gesammeltes Leergut hat er zurückgelassen. Sollen sie in Gottes Namen das Pfand behalten. Direkt neben ihm, hinter den Gleisen, erstreckt sich eine Abraumhalde. Sie verbirgt die löchrigen Fenster eines aufgegebenen Eisenhüttenwerks, den Werkshof, das durchgerostete Werkstor, die zerbröselten Förderbänder, auf denen es bis zum Schluß vorwärtsging. Die Hütte verschwindet, aber das, was sie aufgehäuft hat, bleibt. Der steile dunkle Hang sperrt die Sicht. Mühsam suchen erste Sträucher darauf Fuß zu fassen, wanken, wenn Wind weht, mit dünnen Armen, um die Blätter schlottern. Schwarz überwiegt. Selbst der Abend lungert matt hinter dieser Barrikade, liefert gar keine Kühle ab. Meyer blickt hoch, sieht auf dem Kamm der Halde gegen einen Streifen Sterbensrosa kurz eine Silhouette, die in die Höhe zu flehen scheint. Als er weiter längs des Abraums marschiert, öffnet er sich plötzlich wie ein verschlossen gewesener Tresor: Er seufzt.

Schon springt sein Y herbei, hüpft staubend und knirschend übers schwarze Lockermaterial vom Kamm der Halde herab, stanzt Abdrücke in deren Flanke, die ein Stück nachrutschen, die murmeln vor Überrumpelung, denn beinahe gibt es keinen Halt, springt weiter, federt bergab, Meier zur Freude, der seinen Händen befiehlt, nach jedem Strohhalm zu greifen. Sie machen sich bereit. Schluß mit dem wüsten Magnetismus, sich von allem beirren zu lassen! Meier packt das Y, dessen Griffe zittern. Er nimmt die Wünschelrute. Los gehts! Ruckend zieht sie ihn ins ausgebeutete Gelände, dorthin, wo vielleicht doch noch Erz schlummert. Er kommt kaum hinterher, verwächst aber trotzdem mit seinem Kumpel. Fahrtwind, Führung, Pfadfinderei. Jetzt lernt er das Pfeifen wieder, jetzt hat er das Jahr lose in der Tasche, jetzt rüttelt ihn das Vibrato der gegabelten Rute auf, die mit der Nase am Boden kreuz und quer umherstreift, manchmal Schluckaufsprünge macht – dolles Hündchen, das nach Seifenblasen schnappt. Faß!, ruft Meier launig. Er glaubt, er habe sein Y gut dressiert, dabei zerrt es eigenmächtig seine winzigen Denk- und Muskelzuckungen nach oben, vergröbert sie ins Fühlbare und scheucht ihn in lüsterne Unrast. Jetzt gilt es, Dinge aufzuspüren, die zwischen taubem Gestein liegen, eingebettet, aber da. Meier japst. Holterdipolter rollt das Blut durch die Adern, beschert gehöriges Ohrensausen. Die Zeit, unfaßbare Raumdimension, schüttelt sich und sprüht Tropfen, wie gerade aus dem Wasser gekommen. Mahlzeit!, ruft er im Versuch, eine Art Pause herauszuschlagen. Nichts da! Er kennt sein Y schlecht: Es bahnt sich seinen Weg. Ohne zu fragen, nimmt es ihn mit ins Offene. Schon streifen ihn vorbeifliegende Maultrommeln. Sie stoßen Melodien aus, die langgezogen nachschwingen und sich zu Gespinsten verbünden, Netze aus Inbrunst, in denen sich Meier verfängt. Sein Hirn, gewohnt, alles mit Sinn auszustatten, schreckt hoch: Dieser Himmel hat kein Geld!, lamentiert er, wohl wissend, daß der Himmel, wie in jedem Moment, so auch in diesem, von rund einer halben Million Reisender bevölkert ist. Sie schauen aus Bullaugen oder dösen. Sie lesen Zeitung: Schon wieder ist eine Marssonde verlorengegangen. Das Y, das den Rutengänger Meier an sich gekettet hat, strolcht auf Störfelder zu und schlägt heftig aus. Was ist hier los? Welche Strahlung erzeugt Aufruhr? Warum diese Resonanz? Meier sieht nur kleine Ruinenhügel, Häufchen aus Asche, die aufgereiht wie auf einem Lehrpfad liegen. Als er näher herantritt, entdeckt er: Sie bergen und zeigen zugleich die Umrisse von Dingen. Anfang und Ende der Dinge sind eingekreist durch gelbe Fähnchen. Was ist das? Ein Grabungsgelände? Hier stehen wohl winzige Ausgrabungen bevor. Seine Hände vibrieren. Er erkennt lauter Alltagsgegenstände, noch von Finsternis bedeckt, aber sich verheißungsvoll unter ihr wölbend: einen Kochlöffel, einen Schraubenschlüssel, eine leere Flasche. Er prustet. Ascheflöckchen tanzen. Das Y, dieser Erzgauner, bockt und zappelt, zuckt konvulsivisch vor und zurück, reißt ihn fort, während Gelächter aus ihm sprudelt, während er sich ausschüttet vor überdrehtem Finderglück, mitstolpernd nach dort, wo das Gelände schon weithin geflutet ist, wo ein Wasserspiegel glitzert, um alte Löcher zu decken. Meier kann schwimmen. Er entledigt sich seiner

Kleider und schüttelt dabei auch das Y ab, munter in die gefüllte Grube springend, taucht gurgelnd auf und macht den toten Mann. Klar, daß dies seine Kehle befeuchtet. Noch einen Schnaps!, brüllt er.

Das Y bleibt am Ufer, bereit, ihn da wieder rauszuholen.

SEPTEMBER

Parkplatzsuche in der Innenstadt zeigt Meyer von seiner geduldigsten Seite: Er kurvt so lange durch Einbahnstraßen und Winkel, bis sich eine kostenlose Möglichkeit auftut. Draußen, im Gewerbegebiet, sind dagegen alle Stellplätze gratis, und Meyer, der dort schon seit einer Weile keinen ergattert, schleicht im Kreis mit gebremstem Zorn. Was soll das? Können die hier nicht richtig planen? Schrumpfköpfe, Schreibtischschrate, Sesselfurzer. Sitzen irgendwo zurückgelehnt und schauen in ihren Kaffeesatz, aber nie aus dem Fenster. Da! Endlich eine Lücke. Als er gerade einparken will, sieht er das Rollstuhlsymbol, darunter: Nehmen Sie meinen Platz? Nehmen Sie auch meine Behinderung! Er schreckt zurück.

Das Möbelhaus auf der grünen Wiese ist zwölf Stockwerke hoch aufgestapelt. Es wirbt in der ganzen Gegend mit Tiefstpreisen, zieht damit nicht nur Meyer an, den in letzter Zeit solche Schmerzen beim Aufstehen vom Sofa plagen, daß er sich auch mal etwas gönnen will, bevor er in die Grube fährt. Jetzt hat er einen Parkplatz. Mühsam steigt er aus. Die Luft ist mild, greift ihm aber nicht unter die Arme. Zwei Plätze von seinem eigenen entfernt beugen sich Eheleute in doppelter wortkarger Konzentration über die Kühlerhaube ihres Wagens. Die beiden reisen mit den Zeigefingern über Linien wie auf einem Meßtischblatt, prüfen eingehend, ob die Wanderkarte, auf der ihre Fingerkuppen unterwegs sind, noch stimmt. Leidenschaft steht ihnen in die Stirn geschnitten. Sie suchen nach Kratzern. Meyer geht unbemerkt vorbei, da er schonend auftritt, um seine Schuhsohlen nicht über Gebühr abzuwetzen. Bis zum Eingang hat er einen hübschen Weg. Das Gelände, auf dem das Möbelhaus aufragt, war Bauerwartungsland. Bevor es Bauerwartungsland wurde, hieß es Viertelsegen und trug eine Schonung, deren Überbleibsel an der einen Seite den Parkplatz säumen. An den anderen Seiten flattern Fahnen eines Autohauses, warten Abholküchen im Sparschwein-Markt. Stockwerke voller Möbel türmen vor Meyer das Möbelparadies auf. Er nähert sich der Eingangsdrehtür, stellt sich in Position und paßt den geeigneten Moment ab, um mit einem anderen Mann zusammen, indem er in dessen Segment dazuschießt, Darf ich? murmelnd, den Schwung mitnutzend, ins Innere zu kommen.

Er kennt sich aus. Ist weiß Gott nicht zum ersten Mal hier, denn Geldausgeben muß man vorbereiten. Es gibt manches Für und vieles Wider. Am schlimmsten ist, wenn das auszugebende Geld wirklich weg ist, darum heißt es, diese Sekunde möglichst hinauszuzögern, die Frist zu zerdehnen mit Feilschen und Unschlüssigkeiten, Preise so lange durchzurechnen, bis sie erste Schwächen zeigen, sämtliche Anbieter kennenzulernen und ihre Hände zu quetschen wie bei einem Geschäft, das man gerade besiegelt. Die Methode: Viel tun, ohne sich festzulegen. Was Meyer nicht braucht, ist der Informationstresen im Erdgeschoß. Zielstrebig steuert er die neunte Etage an und startet seinen Gang durch die Wohnlandschaft. Er ist in der Abteilung Garnituren.

Große gedämpfte Fluchten entwickeln Geschlechterfolgen: Alle paar Meter bildet sich auf Teppichboden eine neue Sitzecke, die vorige abwandelnd durch evolutionäres Formenspiel, Funktionsdetails, Bezugsstoff. Untermalt wird diese Leistungsdichte der Schöpfung von Musik. Sänger klagen, ihre Freiheit sei wie eine Küste, begraben unter Sand, modulieren das in Loops – ein Muster, das Meyer beinahe hypnotisiert, während er parallel zur Fensterfront vorankommt, die auf ihrer ganzen Länge ein durchgehender blickdichter Store vermilcht. In regelmäßigen Abständen tauchen Feuerlöscher auf. Die Sitzgruppen, ohne Leben, umklammern Couchtische und halten sie in gestellter Gemütlichkeit. So muß es sein. Lauter fabrikneue Ideen, variantenreich das Lied vom Daheim durchspielend, stehen zur Auswahl, nun muß nachschöpfender Mut es leisten, sich einzurichten. Stoffmusterschränke können helfen. Auf Rollen sind sie bereit. Vereinzelt wartet auch Personal an Bedieninseln, beschienen von Neonröhren. Träumerisch queren Passanten mit Maßbändern diese Landschaft. Wenn sie sich setzen, passen sie nie zu den Möbeln; trotzdem können sie sich vorstellen, mit ihnen zusammenzuleben, falls der Preis stimmt. Sie suchen nach den obligatorischen Anhängern, drehen sie auf die richtige Seite und lesen. Ein Hersteller hat seine Gruppe Sinn genannt. Polyätherschaum in legerer Verarbeitung schließt einen Wall um Figuren, die, müde vom Suchen, nicht mehr wissen, was sie wollen, die untergründig die Litanei aufnehmen, ihre Freiheit sei eine Wüste, begraben unter Sand, die sich anlehnen und den Couchtisch betrachten, der nun in ihrer Mitte steht. Schon reckt der nächstbeste Verkäufer den Kopf. Soll er versuchen, solchen Zauderern im Paradies einen Entschluß aus den Rippen zu leiern? Sie stehen wieder auf. Hat keinen Sinn.

Meyer durchmißt den Raum zwischen den Garnituren zügig. Er will in die hinterste Ecke der Etage, in eine Sackgasse, in die sich nur wenige wagen. Hinter heruntergelassenen Jalousien empfängt ihn die Wohlfühl-Oase mit einem Bild nackter hochgelegter Füße, schräg von unten gesehen. Ewiger Feierabend hat hier Platz genommen, lagert behaglich als violette Dunstschicht auf dem See der Entspannung. Am Ende eines Steges schwebt goldfarben ein Bootshaus. Es ist selbstleuchtend. Berge rahmen den See, schwingen dunkel auf und ab. Im schummrigen Übergang zwischen den Aggregatzuständen stabilisiert sich der Puls. Kein Fisch springt. Kein Vogel stürzt sich ins Wasser, um ihn zu fangen. Nur die Zehen der hochgelegten Füße spielen miteinander, unbehelligt von Mückenstichen oder Gedanken. Das leere Bootshaus scheint. Es hütet die Lichtquelle. Inmitten violetter Schwaden bleibt es immer im gleichen Abstand, wie an einer langen Angel getragen, und ersetzt Sonne, Mond und Sterne, pfercht sie in einer goldigen Laterne zusammen und macht sie zum Kinderreim, der sich aufgesagt im Kreis dreht. Magische Fetzen ziehen über diesen Lampenschirm. Ruhiger werdende Atemzüge. Der lautlose Flug der Schutzengel beginnt. Mit perfekt angepaßtem bläulich-rötlichem Gefieder streichen sie über den See und verwirbeln dessen diesige Oberfläche. Ihre Loopings wischen sanft letzte Fragen weg. Der Puls oszilliert um den Sollwert. Flügel sind mit schimmernden Augen bedeckt. Sie schlagen und schlagen. Allmählich kommen die schwarzen Berge näher, die den See einfassen. Selbst das Wasser entspannt sich, schluckt treibende Blättchen und Läufer, deren flach hingestreckte Beine je sechs Dellen in seine Haut drücken, schluckt sie und läßt sie untergehen, gewährt ihnen Zuflucht.

Ach, Mensch. Die Vision wirft kleine Wellen, weil sie nicht hundertprozentig sauber auf ihren Untergrund geklebt ist. Vor dieser Folie, wie eine wiederkäuende, schläfrige Herde zusammengedrängt, stehen die Fernsehsessel. Meyer weiß noch nicht, welchen er nehmen soll. Er träumt von Rückenentlastung mit Anstand, von einer Hilfestellung, die ihn nicht schädigt, kurz: von einem vernünftigen Preis. Machen Sie mir ein Angebot, wird er dem Verkäufer sagen, der schon mehrmals hier hinten aufgetaucht ist und versucht hat, ihn zu beraten. Im Zwielicht sehen die Sessel alle gleich aus, aber er weiß, daß es Unterschiede geben muß, kann er doch die Zahlen auf den obligatorisch angehängten Schildchen längst singen. Vorsichtig, gegen den Strich, fährt er über eine der Armlehnen. Der Stoff sträubt sich dagegen wie Fell, ist also strapazierfähig. Dann ballt er eine Faust und drückt sie nacheinander in sämtliche Sitzflächen, belastet sie mit seinem ganzen Gewicht, um die Polsterung zu prüfen. Das wiederholt er mit der flachen Hand. Als er es auch noch mit beiden Händen wiederholt hat, schnauft er. Die Sessel, gutmütige Ungetüme, rühren sich nicht. Er geht vor ihnen auf die Knie, untersucht auf allen vieren, ob die Nähte stimmen. An einigen Stellen könnte es womöglich Probleme geben. Verarbeitung kommt man am ehesten auf die Schliche, indem man der Schauseite mißtraut, statt dessen die Dinge von unten her angeht – von dort, wo an Material und Farbe gespart und die Wahrheit ruchbar wird. Meist besteht sie daraus, daß irgendeine Unsterblichkeitsstrebe fehlt. Soll keiner sagen, der Zusammenbruch würde nicht schon ab Werk organisiert. Meyer liegt auf dem Boden, bereit, sich unter jeden einzelnen Sessel zu schieben, aber er kommt nicht weit. Über ihm erscheint ein verwunderter Frauenkopf.

Ob sie ihm helfen könne? Umständlich rappelt er sich hoch, und als er steht, wird ihm so mulmig, daß er sich zum ersten Mal in einen der Sessel setzen muß. Bedienen Sie hier? Ja, sagt sie, Entspannen kann vielfältig sein. Jeder der Ruhesessel bietet Komfort – einzige Aufgabe: das typgerechte Modell herauszufinden. Ob er schon sämtliche Relax- und Wohlfühlfunktionen kenne? Nach einem anstrengenden Tag wolle man ja wohl in den verdienten Feierabend, unbeschwertem Auftrieb anheimgegeben, nicht wahr? Harmonisierte Normen machten es möglich. Gasdruck oder Motoren. Deutsche Wertarbeit. Wo gäbe es das sonst: Komfort, spürbar vom ersten Augenblick an, erlebbar ein Leben lang. Wo? Nirgends. In der Tat würden auch andere Hersteller versuchen, Gott zu spielen, aber ohne Patent – sinnlos. Billige Nachahmungen wären sowieso Verbrechen, darüber könnten Orthopäden einiges erzählen. Hier, auf dieser Abteilung, läge medizinisches Licht, und zwar so, wie man heutzutage die Füße hochlege, die nämlich wie von selbst in ihre atemberaubend entlastende Position schweben, aus der sie gar nicht mehr herunter wollen, diese gefallenen Engelchen, deren Druckstellen violett in der Dämmerung schimmern und glücklich verschwimmen, diese müden Patienten, über und über bedeckt mit Hühneraugen. Gold wert, so eine Technik. Seelen beruhigen sich; angehoben und hingestreckt, mildern sie ihre Fehlhaltungen. Die schlimmste: am falschen Ende zu sparen. Qualität hat ihren Preis, aber Gesundheit ist unbezahlbar. Wo sonst gibt es zehn Jahre Garantie. Wo? Nur hier. Die ausgestellten Modelle befördern in die Herz-Waage-Position, balancieren alles aus, bis es stimmt. Hoppla, das Kabel. Muß flach am Boden liegen. Die Zuleitung, natürlich entstört. Sogar Träger von Herzschrittmachern brauchen keine Angst zu haben, wenn sie in den Niederspannungsbereich eintreten. Sie können ihre Zweifel fahren lassen. Auch sie werden ohne Rückenschmerzen sein. Sicher wird die Fernsteuerung sie in jede menschliche Lage überführen und stufenlos wieder daraus aufrichten. Wer hat denn keine Depression? Wer ankert nicht am zynischen Hang? So ein Sessel kann da einiges in Bewegung bringen. Ist doch sonst kein Zustand. Immer Gedanken, lästige unermüdliche Mückenschwärme an einem Punkt, einfach nicht totzuschlagen – mit hoher Funktionstreue unterbricht die Relaxposition ihr Gesumm. Schauen Sie, das leere Bootshaus, sagt die Verkäuferin. Kein Fisch springt. Kein Vogel stürzt sich ins Wasser, um ihn zu fangen.

Jetzt will Meyer aber auch mal was sagen. Ob sie einen Prospekt für ihn hätte, in dem das stünde? Nein, gibt sie zu, die Hersteller seien leider geizig geworden. So, sagt Meyer, da wird wohl am falschen Ende gespart. Bei seinen Aktien sei genausowenig mehr für ihn drin, obwohl ihm damals jeder zugeraten hätte, von Plakatwänden runter und im Fernsehen und ehemalige Klassenkameraden, selbsternannte Experten, die er übrigens vor einer Weile wiedergesehen hätte, und da habe es ihm geschienen, er wäre der einzige Geschädigte, genau wie damals mit der Blechkiste, das sei zwar eine alte Geschichte, aber im Gasthaus an der Flußschleife wieder hochgekommen und eigentlich nur mit einem Jagdbitter runterzuspülen. Halt dich gerade, habe sein Vater zu ihm gesagt – was für ein Unding, denn ausgerechnet sein Vater habe weder Fünfe gerade sein lassen noch je etwas anderes getan, als sich krummzulegen, und dann war alles weg, da genügt ja schon die kleinste Panne, ein historischer Haken, nicht wahr, und das Erreichte füllt fremde Taschen, davon muß man einmal ausruhen. Man hat zwar so gut wie nichts mehr, verschwendet aber Erinnerungen daran, daß früher die Schweine im Dorf geschlachtet wurden und öffentlich ausbluteten, daß die Wegwarte, so schön sie war, mittags ihre Blüten schloß, daß dem Vater auf dem Totenbett eine Münze auf seine Zunge geschoben wurde, jaja, so geht das Leben, und auf unsere Kosten werden andere fett: die da drüben, die da unten und die da oben sowieso, was einem Knochen und Weichteile beutelt, es nimmt einen mit, man hat seine rheumatischen Vorboten, man ist ein armer Schlucker – ob man ihm das nicht ansehe? Traurig, sagt Meyer, man lernt die Kontrolle und verliert sie wieder. Die Glieder schlackern. So ein Sessel könnte sicher manches lindern, denn irgendwann hält es selbst der stärkste Neger nicht mehr aus. Machen Sie mir ein Angebot.

Er hat schon seine Hand zum Besiegeln ausgestreckt, doch statt ihm hochzuhelfen, startet die Verkäuferin die Fernsteuerung. Meyer sinkt mit ausgestreckter Hand nach hinten. Der Sessel wandelt sich. Synchron und stufenlos fahren die Fußstütze rauf und der Rücken abwärts, danach kippt das Kopfpolster bis in die Erholungsstellung. Sitz und Rückenteil werden warm: Eine Heizung arbeitet. In Meyers Hohlkreuz tastet sich die Lendenunterstützung vor, füllt die letzte Lücke zwischen ihm und dem Sessel. Na?, fragt die Verkäuferin einladend, indem sie das Kissen hervorholt, das an zwei geflochtenen Kordeln, beschwert von einem Bleigewichtetäschchen, hinter dem Rückteil baumelt, und es ihm unter den Nacken schiebt, na, stimmt es nicht: Plötzlich ist alles andere unbequem.

Ach, Mensch. Ein schläfriger Hauch. Parzellen voller Sommersprossen. Ein Vulkan wirft seinen Schatten aufs Wasser; davor ein Tischchen mit zusammengerollter Zeitung, Glas und Tasse. Die riesige Ladeklappe einer Fähre, die sich im Wegfahren schließt.

Jetzt sind Sie in der Herz-Waage-Position, sagt die Verkäuferin. Oberkörper und Beine auf gleicher Höhe. Aber es geht noch besser. Sie setzt das Massagesystem in Gang. Starker wohliger Druck beginnt von Meyers Lendenwirbeln bis zum Nacken zu wandern. Er spürt, wie sein Rücken haltlos schmilzt, wie er ungeheurer Zuwendung in die Arme fällt. Die Gravitation läßt nach. Tränen steigen ihm in die Augen, Tränen ob des kosmischen Vergnügens, das ihn ergreift und walkt. Was ist die Erde? Ein Geschenk des Himmels. Ein blauer Ort. Meyer entkommt sich, döst im Summen der fleißigen Elektromotoren, durchbricht, ohne es zu merken, gerade den rheumatischen Formenkreis.

Modell Ego-Line, hört er eine Stimme von weit her, paßt sich fließend an, knetet oder klopft sanft oder intensiv, zuverlässig dank seines durchgeschäumten Federkerns. Eine lange und wartungsfreie Lebensdauer im Kampf gegen Streß. Bezugsstoff Charmelle in Beige ist zugleich freundlich und schmutzabweisend. An der Seite die Tasche für die Betriebsanleitung. Bei Stromausfall läßt sich der Sessel nicht bewegen. Im gleichen Charakter gibt es eine Garnitur, einen Couchtisch und einen Beistelltisch zum Servicepreis.

Meyer reißt die Augen auf. Er hat da eine Zahl gehört, die einfach nicht wahr sein kann. Sie werden unverschämt, sagt er. So packt man einem nackten Mann nicht in die Tasche. Sie wollen sich doch einrichten?, fragt die Verkäuferin. Will ich, sagt er, aber Sie mich übel zurichten. Statt einer Antwort drückt sie die Sensoren der Fernbedienung, befiehlt, sämtliche Wohlfühlpositionen zurückzufahren. Meyer kommt wieder hoch, mit zusammengekniffenen Augen und Lippen, nur das Aussteigen aus dem Sessel mißlingt ihm. So, resümiert die Verkäuferin, auch die Aufstehhilfe wäre optimal für Sie. Der ganze Sitz kippt nach vorn, während er gleichzeitig angehoben wird, immer weiter, bis Meyer verdutzt, fast ohne Zutun, ausgeworfen auf seinen Beinen steht. Modell Ego-Line verharrt in dieser tollhäuslerischen, motorenerzeugten Haltung, die aussieht, als wäre es aus der Haut gefahren. Drum herum, harmlos gedrungen, die anderen Exemplare.

Es soll also ein billigeres Modell sein. Natürlich hat Meyer eine innere Grenze, aber noch ist unklar, welchen der ausgezeichneten Preise er unter diese Grenze drücken kann.

Das Feilschen beginnt. Meyer ist Meister. Auf einem Bein tanzt er den Ärmlichkeitstanz, das andere Bein, um das er seine traurige Lebensgeschichte gewickelt hat, mitleiderregend abgewinkelt, und mit beiden Händen wirft er Nebelkerzen. Aus ihrem Rauch steigt seine unablässige Litanei auf: Wenn Sie mir entgegenkommen, komme ich Ihnen entgegen. Schon tropfen die Sessel in der Oase vom Schweiß der Verkäuferin, der überall kondensiert. Meyer tanzt herrlich und ohne jede Erschöpfung: Beine hoch, Drehung, Schwung, unvorhersehbarer Sprung, aberwitzige Denkfiguren. Überdies holt er in voller Fahrt einen Zollstock aus der hinteren Hosentasche, mißt mal eben die gemachten Versprechen auf den Millimeter nach, schreit die Differenzen laut heraus. Alle Achtung! Nähfehler und Lügen kommen zusammen. Die Verkäuferin sieht mittlerweile etwas durchgescheuert aus. Wenn Sie mir entgegenkommen, komme ich Ihnen entgegen, macht er wieder seinen Vorschlag zur Güte. Während er tanzt, dreht er einen Sessel nach dem anderen um, daß die Beine in die Luft ragen, entblößt ihre Schwachstellen und zeigt darauf mit anzüglichem Gelächter. Das kann ich nicht!, ruft die Verkäuferin. Sie spitzt den knallroten Mund. Befriedigen Sie Ihre Kunden? Geben Sie sich einen Stoß, gurrt Meyer. Die beiden schlängeln sich um die umgekippten und verstreuten Sessel herum, als spielten sie Nachlaufen. Nur die Verkäuferin keucht. Auf dem Höhepunkt hat Meyer eine Pirouette in petto, von der ihr schwarz wird vor Augen. Sie stößt einen Seufzer aus, der Ja heißen könnte.

In einem der wieder umgedrehten Relaxmöbel liegt bewegungslos die Verkäuferin und läßt es in die Herz-Waage-Position fahren, während Meyer mit einem sagenhaft herabgesetzten Ausstellungsstück die Abteilung verläßt. Pfeifend trägt er den Sessel geschultert, dessen Lieferung in dem Preis nicht enthalten ist, und freut sich noch durch den ganzen Bereich Garnituren hindurch, bis zum Aufzug, an seinem Fang. Beim Abwärtsgleiten wird ihm bewußt, daß das Geld jetzt weg ist. Todsünde! Die schlimmste Selbstüberlistung, die es gibt. Sein Pfeifen erstirbt.

Erdgeschoß. Mühsam hievt er seine Last durch die Ausgangsdrehtür ins Freie. Er schleift den Sessel über den riesigen Parkplatz, lädt ihn sich probeweise erneut auf, bricht fast unter ihm zusammen, kommt trotzdem seinem Auto weiter entgegen. Als er das ausladende gute Stück absetzt, um zu verschnaufen, fällt sein Blick auf den Saum dessen, was einmal eine Schonung namens Viertelsegen war. Am Fuß der restlichen Gehölze, über dem Boden an Stengeln verteilt, leuchten knallrote Beeren. Sie sehen giftig aus …

Im Frühjahr sind hier Triebe durchs Erdreich gebrochen und haben gefleckte, pfeilförmige Blätter entrollt, die glänzend in alle Richtungen deuteten. Dann kamen zwischen ihnen lange Knospen zum Vorschein und öffneten sich zu einer unvergleichlichen Blüte. Das Segel eines weißgrünen Hochblatts wurde gehißt, an seiner Spitze zipflig verdreht und als Wundertüte dargeboten. Der Aronstab lockte. Aus dem unteren Ende seiner Blüte, der ein Trichter war, ragte ein brauner Kolben auf und sandte Aasgeruch. Die Moleküle verteilten sich in der Luft, während das Hochblatt hinter dem Kolben wie eine mal besonnte, mal beschattete Leinwand stand, voller kristalliner Nadeln und Scharfstoffe, also von niemandem angefressen, wie eine Kapuze mit verführerisch glatter Wand. Und irgendwann kamen sie, kleine Fliegen, angezogen vom duftenden Aas. Immer näher umkreisten sie den keulenförmigen Kolben. Vielleicht noch ein wenig unschlüssig, von wo der Lockstoff genau kam, setzten sich die ersten Besucher des Aronstabs auf die innere Wand seines Segels – und waren weg. Augenblicklich verschluckt. Nicht mehr zu sehen. Abgerutscht und verschwunden. Eine Fliegenkesselfalle, eine Kesselfallenblüte mit Gleitfallenprinzip des Fangblatts, eine Strategie, die ihre Opfer eintütet. Die kleinen Fliegen waren jetzt im unteren, zu einem Gefängnis zusammengerollten Teil der Blüte eingesperrt, in dem ein Haarkranz sie am Weg zurück nach oben hinderte. Eigentlich nicht schlimm. Es war warm und gab nektarhaltiges Wasser, und so gingen sie ohne Not nebenbei dem Befruchtungsgeschäft nach, um dessentwillen sie hier eingesperrt worden waren. Ganz unten am Finger des Kolbens saßen die echten weiblichen und männlichen Blüten, und die herumlaufenden Fliegen bestäubten nach einer Weile unwillkürlich alle Narben. Mit Pollen eingepudert, trunken vom nektarhaltigen Wasser, liefen die Gäste im Kessel so fröhlich umher wie auf Freigang, und als alles erledigt war, verwelkten die Reusenhaare, so daß der Weg hinaus wieder offen war. Auch das große fleischige Segel verlor seine Spannung, kippte vornüber über den Kolben, welkte ab. Die

Fliegen, durch keine Erinnerung gestraft, steuerten bereits auf das nächste scheinbare Aas zu, das seine Botschaft mit einer Keule aussandte. Aus den befruchteten Blüten des Aronstabs wurden im Laufe der Zeit erst grüne, dann rote Beeren, am nackten Stiel getragen, süß und giftig …

OKTOBER

Pfarrer Schmiege moderiert gern link aus den Augenwinkeln an, steht dabei zwischen seinem Studiopublikum, das statuarisch ein nächstes Unheil erwartet, während er es schon gestikulierend umreißt. Sobald das Thema raus ist, beugt er sich nach vorn und läuft los. Was ist das für eine Armut, die einen dazu treibt?, hat er eben gefragt. Er begrüßt seinen ersten Gast – eine Frau mit Haltung. Sie ist in Not. Drei unbequeme Sessel, im Halbkreis auf Tuchfühlung nebeneinandergerückt, stehen bereit. Sie unterschreiten jede soziale Distanz, bringen den Pfarrer und seine Schäflein, sobald sie sich gesetzt haben, Knie an Knie so eng zusammen, als hätten sich beide aus Versehen in die falsche Kirche und überdies in eine einzige Beichtstuhlkabine verirrt. Schmiege kratzt sich kurz am linken Bein. Meyers linkes Knie juckt.

Auf der vordersten Kante hockend, fragt der Pfarrer: Was ist passiert? Die Frau und ihre Familie haben keine Krankenversicherung mehr. Ihr Mann ist vom Gerüst gefallen. Eins der sieben Kinder hat es am Herzen. Schmiege, dessen Gesicht wenig ausdrucksfähig ist, erledigt das mit den Händen. Er holt die gesamte Notlage Stück für Stück ans Licht, indem er sie förmlich aus der Luft greift, er packt sie am Schlafittchen und macht Henkersgesten. Dann hört er wieder zu, sinkt mit seelsorgerischem Rundrücken und im Schoß verknoteten Fingern in sich zurück, Augen und Ohren offen. Sein Unterkiefer verschiebt sich, wie bei einer Scheinfrage: Konnten wir schon mal helfen? Die Frau preist den Segen der Schmiege-Stiftung. Ihr Geld, meine Damen und Herren!, sagt er in die Kamera. Wir wollen ja so was wie Nachbarschaft und Menschennähe stärken. Jetzt ist ein Mann auf eine verfaulte Bohle getreten, in die Tiefe gestürzt und auf Beton aufgeschlagen. Und – Schmiege macht eine etwas zu lange Kunstpause – hat überlebt? Schwenk aufs Studiopublikum, das schmerzlich nickt, dabei die Augen schließt. Eine Blutfontäne schießt aus dem Boden. Schmiege nutzt die Gelegenheit und ruft: Das Leben sorgt für dich! Es schickt dir Gutes und Schweres – nimm es an als Geschenk! Er verfällt gern in unkontrolliertes Duzen. Die Frau in Not rutscht auf ihrem Sessel hin und her. Der Pfarrer erinnert sich an sie. Ist das Thema jetzt für Sie, jetzt überall zu sparen? Er macht eine Schaufelradgeste. Erzählen Sie mal, wie ist das, wenn Sie als Mutter dasitzen und sagen, ich muß sparen, um das einigermaßen abfedern zu können, dieses – Unfallgeschehen? Vor dem letzten Wort reißt sein Blick nach oben aus, an die Studiodecke, durchbohrt sie in blitzschneller Himmelsanfrage, ob es sich hier tatsächlich um ein von Gott geschicktes Unglück handele – aber er fängt sich sofort. Hebt eine Faust hoch und streckt den Daumen aus, um mittels der Fingeraufzählgeste der Frau auf die Sprünge zu helfen. Ja, sagt sie. Ja?, sagt Pfarrer Schmiege. Zuerst dreht man alles, was man zweimal umdrehen kann, zweimal um oder schiebt es so weit wie möglich hinaus.

Meyer, in seinem neuen Relaxmöbel liegend, bewegt sich, damit seine Glieder nicht einschlafen. Ihm ist unbehaglich bei dem, was er da im Fernsehen erlebt, aber der Pfarrer wußte bislang immer Rat. Seit Jahren hebt er die Abgerutschten auf, die, nur durch eine Mattscheibe von Meyer getrennt, nicht weiterkönnen, zwingt sie zum Offenbarungseid und zeigt ihnen, wie wenig man braucht. Das ist mehr als anständig.

Okay, sagt Schmiege. Er streckt den Zeigefinger hoch. Die Frau gesteht, daß Saft und Schokolade Luxusgüter sind. Was ist mit dem Auto?, fragt Schmieges aufgerichteter Mittelfinger. Abgeschafft. Sein Ringfinger gesellt sich zu den anderen und will wissen: Haben Sie noch einen Fernseher? Die Frau schüttelt den Kopf. Schmiege wird bitterernst. Er beugt sich ein wenig vor, ist ihr ganz nah und hält ihr den kleinen Finger vor die Nase. Warum kündigen Sie Krankenversicherungen für Kinder? Sind Sie verrückt? Tränen fließen. Das Studiopublikum schaut auf den Boden. Schmieges beide Hände machen eine Fächergeste, hinter der er kurz verschwindet, dann lehnt er sich zurück, nachdenklich, faßt sich ans Kinn. Und nun hoffen Sie, aus dieser Notlage einigermaßen wieder herauszukommen? Er produziert eine große Gestenfolge, kriegt einen echten Lauf hin, der mit einer hochgezogenen Augenbraue endet. Jetzt haben Sie mir geschrieben und haben gesagt, kannst du mir helfen, du hast mir schon mal geholfen. Er wendet den Kopf, blickt frontal in die Kamera: Meine Konfession? Ich muß beiläufig hauptsächlich Ja sagen. Die Frau sitzt starr und wartet. Wir übernehmen Prozeßkostenhilfe, sagt Schmiege. Plötzlich dreht er sich wieder um und sticht mit seinen Zeigefingern rhythmisch auf die Schultern der Wartenden ein: damit Sie nicht mehr allein sieben Kinder plus Mann plus Schicksal auf Ihren Schultern tragen müssen! Ist die Frau taub? Nein, sie springt gerade auf und bedankt sich überschwenglich. Wir sind erstaunt, sagt Schmiege, zu welchen Konsequenzen man heute kommt, sogar Krankenversicherungen von Kindern wegnehmen zu müssen, um überleben zu können – vielleicht hilft es wieder auf einen mitteleuropäischen Standard zurück. Die Frau will gehen, aber er hält sie fest. Meine Damen und Herren, wir leben in einer Zweidrittel-Gesellschaft. Zwei Drittel haben noch was, ein Drittel hat schon gar nichts mehr. Ein Insert mit der Bankverbindung der Schmiege-Stiftung erscheint.

Junge, Junge. Meyer wischt sich die Augen. Er fährt die Aufstehhilfe seines Fernsehsessels hoch, weil er mal austreten muß. Als er zurückkommt, ist das Studio regelrecht bevölkert. Zwei neue Opfer sind eingetroffen und sitzen unbequem. Um einen Stehtisch drängen sich eine Verbraucherschützerin, eine Juristin der Versicherungsbranche, deren Mundwinkel hängen, und ein Aussteiger aus dem Übertölpelungsvertrieb, der bereit ist auszupacken. Meyer versucht, genau aufzupassen, denn er sieht die Sendung hauptsächlich wegen der Experten. Zwischen den Sitzenden und den Stehenden rennt der Pfarrer hin und her und stößt schreiend rhetorische Fragen aus. Was machen wir mit solchen, so nenn ich sie jetzt einfach mal, Existenzen? Die Gesellschaft in Gestalt der Fachleute ist zerstritten: Sie nickt und schüttelt gleichzeitig den Kopf, daß die Haare fliegen. In der

Pferchungssituation in diesem Studio gibt es nicht viel Platz zum Argumentieren. Trotzdem wird zu allem Überfluß eine Originaltür aus dem Sozialamt hereingerollt, vor der die Bittsteller des Pfarrers einmal probeweise knien müssen, bevor sie sich wieder setzen. Das läßt mich unzufrieden!, ruft Schmiege. Er studiert kurz die Gedächtniskarten in seiner Hand, dann ist ihm eingefallen, was er sagen wollte. Sind Sie ein Voyeur oder ein Mensch mit Herz?, fragt er alle, die noch ihr Auto und ihren Fernseher haben, die hinter Kurzgardinen in Sesseln liegen, die sich am morschen Rand des Mittelstands festklammern und dabei krampfhaft in den Abgrund schauen, aus dem Pfarrer Schmiege zu ihnen herüberpredigt. Eingeblendet wird das aktuelle Titelblatt des Periodikums Schmiegespiegel: Zeit der Besinnung. Es ist der Pfarrer selbst, dessen geschlossene Lippen dazu auffordern, seine Lehren nachzulesen.

Draußen ist Herbst, aber im Studio sind die Wände ein blauer Himmel voller Lichtstreifen. Jetzt packt der Mann aus der Drückerkolonne aus. Er wurde speziell geschult für den Trick: Telefonate mit Empfehlungshintergrund. Seine Stimme klingt weich. Zwischenmenschliches bahnt sich seinen Weg. Schmiege ist ein wenig in die Knie gegangen, hat seine Arme auf der Stehtischplatte verschränkt, stützt den schräggelegten Kopf mit dem Kinn darauf ab und hört zu wie beim Religionsunterricht. Der Mann erzählt, auf welche Weise er jeden übervorteilte, der sich mit ihm einließ. Wie er sich stets als Bekannter von Bekannten ausgab. Daß er tunlichst rechts auf dem Sofa saß, damit seine Opfer lesen konnten, was er in den Vertrag schrieb. Daß es auf das sensible Terrain des Vertrauens ankomme, um den Leuten Beliebiges weiszumachen. Schmiege schnellt vergnügt hoch. Vertrauen, Vertrauen, Vertrauen!, intoniert er als Kadenz, beugt sich kameradschaftlich zum Ohr des schwarzen Schafs hinüber und blinzelt: Sie könnten ja Pfarrer werden! Großes Prusten am Stehtisch. Die Kamera schwenkt weg, bis die beiden sich beruhigt haben.

Schmiege posiert unter einem Apfelbäumchen, das keine Früchte mehr trägt, sagt: Nie ist aller Tage Abend. Dabei fällt ihm ein Zahn aus, doch da er selten lächelt, bleibt die Lücke unbemerkt. Sein Hemd ist lausig gebügelt, und von der Bibel, die er in der Linken hat, hängt in ganzer Länge der seidene Faden herab, statt als Lesezeichen einzuliegen. Egal. Dieser Mann schreibt in zwölf Jahren achtunddreißig Bücher, da wird man ihm aus kleinen Ehrlichkeiten nicht den Strick drehen. Das Jahr hat vier Jahreszeiten, und ich habe vier Jobs, sagt er: Seelsorger, spiritueller Lehrer, Träumer, Prophet. All das bin ich, sagt er. Er sieht zerknittert aus, wie unachtsam in den Schrank geräumt, dann lieblos wieder daraus hervorgezogen. Ahnungen quälen ihn. Will man ihm seine Sendung wegnehmen? Das ist keine gute Minute. Seine Seele streikt. Sie mag nicht länger für andere rettende Geldkuverts aus der Luft hangeln, wenn sie selber ungetröstet bleibt. Auch ihm muß einmal geholfen werden, und zwar, indem man seinen Vertrag verlängert. Er wird sich links vom Programmchef hinsetzen, damit er sieht, ob der ihn über den Tisch zieht. Er wird beten und mit Gott hart über die Kirche verhandeln, die er im deutschen Fernsehen formatiert. Schmiege lehnt an dem traurigen Apfelbäumchen, zerkratzt seinen Rücken an der Rinde, hält in der Rechten einen Dietrich, weil er seinen Schlüsselbund nicht findet. Er glaubt, er stünde wie ein Fels. Jetzt merkt er, daß er auf Sendung ist. Passen Sie gut auf sich auf!, ruft er automatisch, legt Bibel und Dietrich beiseite und fragt: Womit füttern wir eigentlich unsere Seelen? Welche Geschichten geben wir ihnen? Heiligenlegenden sind bestimmt das Gesündeste, und am allernahrhaftesten ist die, in der einer die Hälfte von allem, was er hat, abgibt: Der heilige Martin, der für einen Bettler seinen Mantel durchhaut. Wer teilt, heilt! Ich wette, Sankt Martin hat nicht gefroren, sondern eine Wärme gespürt, die tief, tief von innen kam. So wie wir, wenn uns die Kinder mit leuchtenden Augen und Laternen daran erinnern, uns Orientierung schenken in einer habgierigen Welt!

Meyer ist genervt. Er will etwas lernen und nicht ständig den Strahl der Nächstenliebe auf sich spüren. Wie kann man nur eine Sprechstunde verplempern, indem man fortwährend ins Taschentuch heult? Noch immer wartet er darauf, daß die Juristin mit den hängenden Mundwinkeln einige Gaunereien der Versicherungsbranche offenlegt, aber sie war verdächtig lange nicht mehr im Bild. Statt dessen Schmiege und seine Sonntagsreden. Soll er doch selbst mal was abgeben. Ist doch nie sein Geld, mit dem er sich täglich breitbeinig aufstellt und wedelt. Eben flüstert er: Durch jede Versicherung kommt auch Angst in Ihr Haus. Meyer dreht sich um und merkt, daß es draußen schon dunkel wird. Er glaubt, er habe vor seinem Fenster Schatten vorbeihuschen sehen …

Flatternde Frühabendgespenster machen Jagd. Sie sind an ihrem Hangplatz hinter der Dachverschalung aufgewacht, haben gegähnt, dann begonnen, ihre Flughäute zu belecken, indem sie sie wie eine Maske über ihr Gesicht zogen, dabei gleichzeitig mit einem Drüsensekret eingefettet, das sie geschmeidig hält, haben, kopfunter an einem Bein hängend, das zweite Bein abwechselnd über oder unter dem jeweiligen Flügel vorbeischiebend, ihr Fell mit Krallen gekämmt und die Krallen immer wieder saubergeleckt, haben beide Flügel weit abgespreizt, um sie zu dehnen, sich mit dem ganzen Körper geschüttelt, nochmals gegähnt und dabei ihre messerspitzen Zähne gezeigt. Als sie kurz vor der Spalte waren, die ihr Ausflugloch ist, stießen sie die ersten Ortungsrufe aus. Stimmte der Raum? Offenbar, denn sie hakten ihre Krallenfüße los und ließen sich Kopf voran in die Luft fallen. Zwergfledermäuse, mit den Händen fliegend seit sechzig Millionen Jahren. Filigrane Knöchelchen spannen einen Kescher auf. Zuerst besuchten sie eine Wasserfläche, um dort im Flug die Zunge herauszustrecken und zu trinken – ein kilometerweit entferntes Ziel in der Dämmerung. Ihr Gedächtnis wies ihnen den Weg. Auf der windabgewandten Seite der Linie einer Gehölzreihe folgend, dann durch eine Allee sausten sie auf ihrer gewohnten Route entlang wie auf einem akustischen Geländer, fanden das Wasser, dessen glatte Fläche ihre Rufe eindeutig spiegelte, tranken. Danach begann die Jagd. Daumengroße Säugetiere fangen ihre Beute in vollem Flug, obwohl ihre Augen kaum etwas wahrnehmen. Peillaute durchdringen das Dunkel. Die Zwergfledermäuse schreien mit offenem Maul, senden Ultraschall aus und empfangen sein Echo in ihren großen, bildhörenden Ohren. Solange sie suchen, genügen einzelne längere Rufe, die ein Detektor aufzeichnen würde als stumpfes Blubbern, wie Regentropfen, die aus einer undichten Regenrinne fallen – gemütliche Routine des Orientierens in drei bis acht Metern Höhe, Luft schaufelnd, um den Auftrieb zu erhalten, systematisch ihr Revier abfliegend, hungrig. Sobald das Echo Beute verrät, rufen sie immer kürzer in immer kürzeren Abständen, um sich ein genaues Bild zu machen. Ist es ein Nachtfalter, der sich als Plastik aus dem neutralen Strukturgitter abhebt? Ist es eine Mücke? Winzige Zeitverschiebungen des Schalls zwischen dem linken und dem rechten Ohr werden hochgerechnet, zeigen Bewegungsrichtung und Geschwindigkeit des Opfers. Nachtfalter, die Ultraschall hören können, lassen sich abstürzen in die Krautschicht und entkommen. Die anderen enden zwischen spitzen Zähnen, direkt aus der Luft geschnappt und gefressen, oder trudeln, in die Schwanzflughaut gekeschert und von dort aufgenommen. Vollkommen gelenkig wirft sich die Zwergfledermaus in den ungleichen Kampf, macht wendige Manöver auf engstem Raum, Stunden um Stunden dauernde Zickzackflüge, halsbrecherische Ummantelungen ihrer Beute im Flug. Hat sie das Maul voll, ist Sendepause. Danach ertönen wieder die Suchrufe ihrer Echoortung, langgezogen und tastend. Zwanzig Zentimeter Flügelspannweite schwirren durch die Nacht. Alles ist in alter, hochspezialisierter Ordnung. Jetzt fressen die Fledertiere sich ein Depot aus Fettgewebe an, um zu überwintern. Noch jagen sie, nicht zimperlich, auch an kalten Abenden, aber bald suchen sie ihre Winterverstecke auf, pressen Flügel und Schwanzflughaut an den Körper, schließen die Augen und zwängen sich in Spalten oder hängen in großen Gruppen dachziegelartig übereinander und schlafen monatelang, mit Tautropfen bedeckt, erstarrt und gedrosselt, manchmal für mehr als eine Stunde nicht atmend. Dies ist der Ausblick, vom Instinkt verriegelt. Erschreckt sich eine Zwergfledermaus, rollt sie sich zusammen zum Bündel, kleiner als ein Streichholz, und stellt sich tot. Nach einer Weile geht das Leben weiter. Auf notorischer Bahn flattern Frühabendgespenster um eine Straßenlaterne, absolvieren ihr Programm des Bauchvollschlagens, weiten ihre Route aber auch bis vor ein Haus aus, hinter dessen einem Fenster es bläulich glimmt und an dessen Scheibe sie im Flug ihren Kot kleben …

Wo Dunkelheit ist, da wartet man auf Sie mit Licht, sagt Pfarrer Schmiege. Meyer hat ein unheimliches kleines Geräusch gehört, kann es sich aber nicht erklären. Der Pfarrer, in seinem Sendungsbewußtsein die Themen wie im Flug wechselnd, fragt: Was ist dran am Aberglauben? Nun geht es um den Fluch von Mumien. Ob diejenigen, die den Ötzi ausgegraben haben, alle sterben müssen. Schmiege sitzt mit einer Boulevardzeitung auf seinen Knien einem Bergführer gegenüber. Ja, sagt der Mann im Janker, der Ötzi-Fluch, der ist um die Welt gegangen, und ich sollte ja auch schon zu den im Jenseits Weilenden gehören. Schmiege wird kurz lebendig: In Österreich waren Sie die Nummer 5! Wie die Nummer 4, der Herr Simon, den wir hier in der Sendung hatten, weil er ja der Entdecker des Ötzi war, und er gehört zu den Menschen, die mittlerweile gestorben sind, die hier schon mal ihre Geschichte erzählt haben. Er breitet die

Zeitung auf seinen Knien aus wie ein Omen, nimmt sich aber ansonsten ganz zurück. Starr im Sessel sitzend, mit zusammengezogenen Augenbrauen und leicht geöffnetem Mund, redet er scheinbar scheu mit einem, an dessen Aura eines Todgeweihten er arbeitet. Wie war das denn damals, den Ötzi zu entdecken? Der Bergführer schildert, daß ihn eigentlich die Frau Simon entdeckt hat. Sieht aus wie eine Spielpuppe, hat sie gesagt. Man sah da nur den glatzigen Hinterkopf und die linke Schulter ein bißchen. Eingeblendet wird jetzt die Gletscherleiche am Fundort, halb freigekommen aus dem Schneefeld. Der Mann vom Hauslabjoch. Einer der Unseren, nach 5300 Jahren braun und schwarz vertrocknet, auf dem Bauch liegend und die Arme in einer so dramatischen Geste ausgestreckt, als wolle er etwas Verschwiegenes mitteilen, einer der Unseren, der überleben mußte als schauriges Relikt, ein Untoter, den die Erde, die so viele zersiebt, nicht schlucken mochte, ein konserviertes Grauen. Die Mumie hebt sich vom Eis ab. Fracht aus der Steinzeit. Viele Fragen. Warum waren Sie damals da oben?, will der Pfarrer wissen. Weil ich der Ortsstellenleiter der Bergrettung war und leider Gottes schon mehrere Gletscherleichen in meinen siebenundvierzig Jahren Tätigkeit hab finden und bergen müssen, und ich dachte an eine ganz normale Leiche, die vielleicht vierzig Jahre im Eis ist, und am nächsten Tag sind Innenministerium und Alpingendarmen hochgeflogen und haben da versucht zu bergen mit Preßluftgerät, sind da aber nicht weit gekommen, haben nur oberflächlich bis zum Becken zurück freimachen können. Die Kamera zoomt aufs Publikum, das die Lippen zusammenpreßt und mit den Augen plinkert. Also, richtig so brmbrmbrm?, fragt Schmerzkomödiant Schmiege und simuliert mit beiden Händen einen Preßluftbohrhammer. Ja, sagt der Mann im Janker, hinterher hat es sehr viele Vorwürfe gegeben, wo man gewußt hatte, welches Gut das ist. Wir haben den dann freigelegt, haben fünf Stunden gepikkelt und gehackt, und wenn da irgendwie der Pickel abgeschlüpft ist, dem hat ja nix mehr wehgetan. Das ist ja normal, nicht, wenn einer tot ist, spürt er nix mehr.

Es erscheint der Kopf des Ötzi. Zahn- und augenlos schweigt der Jäger, dessen Hand in einer Felsspalte verklemmt war. Seiner Gerätschaften und seiner Bärenfellmütze ledig, muß er sein Gesicht hinhalten. Nackt ist er wilden Spekulationen ausgesetzt. Man überblendet zum ganzen Körper, der auf einem Seziertisch liegt, umgeben von Personal in sterilen Kitteln. Keine Bildunterschrift.

Schmiege räuspert sich. Übertrieben vorsichtig fragt er: Wenn jetzt vier Männer gestorben sind, die den alle gesehen haben, die alle um die Sechzig sind, das ist ja noch kein Alter. Rächt sich der Ötzi an seinen Entdeckern? Was sagen die Leute im Dorf? Gibt es so was wie einen Fluch? Ja, lächelt der Bergführer, der Fluch ist bei uns net so in. Schmiege hält die rechte Hand vor den Mund und stützt die Linke ungeschickt, fast wie behindert vor lauter gespieltem Argwohn, auf der Zeitung auf seinem Schenkel ab. In seinem Gesicht braut sich die Sorge zusammen, dem letzten Auftritt eines Ahnungslosen beizuwohnen. Also kündigt er einen weiteren der zweiundzwanzig an, die den Ötzi noch im Eis haben liegen sehen: einen Volkskundler. Das Volk will, daß sie sterben!, ruft Schmiege zur Begrüßung. Den Mann kümmert das nicht. Ich war ja dabei, sagt er, als der schon zum Teil ausgeapert war. Da kommt etwas ungeheuer Schönes, Ästhetisches aus dem Eis heraus, komplett trocken, komplett mumifiziert, wahnsinnig, sehr schön, ehrfurchtgebietend. Ich: Das muß mindestens Hallstatt-Zeit sein – auch aufgrund meines Wissens um die ungeheuer reiche Sagenwelt, die dort hinten im Eis spielt, da sind ja nach der Sage seit Jahrtausenden Männer verschwunden. Schmiege rutscht vor Ausdrucksdrang auf der Sitzfläche hin und her. Also, weil, Sagen umranken ja eigentlich immer etwas, demonstriert er am kleinen Finger: Es gibt da vielleicht ein Stück Historie, fingernagelklein, und dann fängt die Phantasie oder meinetwegen die Religiosität des Volkes an zu spinnen, im positiven Sinn. Er vollführt große, kreisende Spinnradgesten. Ja, sagt der Volkskundler, ein Kern wird aufgebläht. Schmiege hantiert geistesabwesend und lernschwach mit seinen Händen vor der eigenen Brust.

Meyer ist eingenickt. So verpaßt er, daß der Pfarrer noch einen Skeptiker, ein sizilianisches Dorf im Dauerbrand, Exorzisten des Vatikans, einen Parawissenschaftler und eine ängstliche Zuschauerin unterbringt. Stellvertretend für alle guckt die Zuschauerin tief in sich hinein und durchleidet vor laufender Kamera die Katharsis, ihren Aberglauben zu bekennen. Dann darf sie sich wieder setzen. Meine Damen und Herren, wir machen diese Sendung für Sie!, ruft Schmiege. Wir wollen, daß Sie klüger werden! Zum Abschied senkt er vertraulich die Stimme. Ich halte das immer so, sagt er: Ich feiere mich täglich selbst, obwohl ich in einem

Schneckenhaus lebe, denn spirituelle Lehrer, wie ich einer bin, müssen pendeln – du gehst zu den Millionen hin, das zwingt dich aber wieder zurück in die Stille. Passen Sie gut auf sich auf!

Meyer wird schlagartig wach, als der Vorschautrailer für die nächste Sendung läuft. Er sieht seinen Schutzheiligen am Expertentisch: Lästig werden, meine Damen und Herren, ist für alle kleinen Leute sozusagen die letzte Macht des kleinen Mannes. Schauen Sie wieder zu, wenn es heißt: Herr Schmiege, man hat mich ruiniert.

NOVEMBER

Meyer fühlt sich nicht. Wenn er sich Rechenschaft ablegt: schon eine Weile nicht. Bei schnellen Kopfbewegungen wird ihm so schwindlig, daß der Fußboden Wellen wirft und er durch Täler und über Berge taumelt, orientierungslos und verdreht. Was hat er bloß? Jedenfalls keine Frau mehr, die sich um ihn kümmern kann, darum widersteht er tapfer dem Krankenlager – aber zunehmend zieht es ihn doch an, das Bett. Undeutlich sieht er es durch die Schlieren, die in seinen Augen immer mitwandern, schwimmende Fäden und Flecken, die auf- und abgeschoben werden bei jedem Wimpernschlag und stören, Trübungen, die nicht weggehen. Was falsch ist, muß man doch beheben können, und seien es Schönheitsfehler. Man sollte einfach weniger umherschauen, öfter die Augen schließen. Man sollte sie sich ersparen, diese Glaskörpergrütze, sollte sich hinlegen. Gegen den Schwindel hülfe das auch. Außerdem ist da noch das Herz, das alles andere als zuverlässig arbeitet: Mal rast es, mal setzt es aus, mal holpert es, mal sticht es, mal kämpft es um mehr Platz, bedrängt von angrenzendem Feindgewebe. Speziell die Lunge, rasselnd, von Hustenattacken geschüttelt, kommt dem Herzen gern ins Gehege, überrollt es wie ein Streitwagen, schneidet ihm die Luft ab und tut danach, als ob nichts gewesen wäre. Pack, diese Innereien! Eng gestapelt, sollten sie besser miteinander auskommen. Aber nein. Sicherlich läuft bald die Galle über, direkt in den sowieso dauergereizten Magen, dessen Inhalt nie nach unten gelangt, ohne vorher mehrfach in die Speiseröhre hochzustoßen, um dort für finsteres Brennen zu sorgen. Und die Verdauung? Ein schwieriges Geschäft. Da geht tagelang gar nichts, bis dann in einer quälenden Sitzung kleine Entscheidungen fallen. Jaja, so stehen die Aktien. Bewegung verteilt den Schmerz im Körper, den Schmerz, der umherzieht und überall auftaucht, morgens in den Fingergelenken, abends in Kreuz und Nacken, tagsüber an jedem beliebigen Punkt der Eingeweide, bösartig vervielfacht, so daß der Kopf sich martert auf der Suche nach Gründen und selber weh tut. Die Haut spannt und juckt. Trockenheit im Hals verursacht Schluckprobleme. Meyer ist abgeschlagen und ohne Appetit. Womöglich etwas Schlimmes! Unerkannt galoppierend. Womöglich etwas, wogegen bis heute kein Kraut wächst, dafür aber die Krankheit, die hinter rasender Zellteilung versteckt wütet.

Er holt keinen Arzt. Er kriegt das allein hin. Der Selbstbehalt, den er innerhalb seiner privaten Krankenversicherung gewählt hat, um die Beiträge so stark wie möglich zu drücken, ist dermaßen hoch, daß er sich entschieden hat, weder Ärzte noch Medikamente zu brauchen, um sich nicht ausplündern zu lassen. Trotzdem ist ihm sehr unwohl. Vielleicht nützt das Hinlegen. Er versucht sich zu erinnern, was seine Frau ihm alles gebracht hat, als sie noch da war. Was sie gesagt und getan hat, um ihm zu helfen. Es gab Wickel,

Kamillentee, Schwitzkuren, Zwiebeln in Honig, aber das beste Hausmittel war, wenn sie einfach am Bett saß. Meyers Herz klopft mal wieder, wie es nicht soll: heftig, wie einer, der rauswill aus dem Knast, wenigstens raus zu anderen Gefangenen.

Draußen stürmt es, das kann er vom Bett aus sehen. Der Blätterfall liegt in den letzten Zügen. Vereinzelt wippen sie noch, reißen ab – haltlose, unadressierte Gestalten, die zu Boden stürzen, um zu verrotten. Wer vertrauensselig auf ihnen läuft, rutscht aus, weil sie vom Herbstregen vollgesogen verweichlichen, schmierige Klumpen werden, tückische Überreste schöner Vergangenheit. Am Ende machen Bäume eben doch nur Dreck. Viel zu kurz schmücken sie sich mit Leben. Dunkel und kahl werden sie auf ihrem Fleck hin- und hergeworfen. Aus der Küche der Tiefs jagt ein Ausläufer nach dem anderen heran, kündigt die nächste Front an, die wieder alles unter nasser Gräue verschüttet.

Meyers Frau, unterwegs in der Endlosschleife ihres Haushalts, immer auf dem Möbiusband angenommener Pflichten, leistete sich einmal pro Monat einen heimlichen Besuch im Café. Dort saß sie inmitten ähnlicher Frauen, inmitten trauriger Säugetiere, die Kohlenhydrate in sich hineinstopfen, und bestellte Kuchen. Meyer entdeckte das eines Tages zufällig. Er kam an den Fensterfronten des Cafés vorbei und sah sie, fremd, verloren kauend, mit glasigem Blick. Sie schaute durch ihn hindurch in eine süße Ferne, während an den Scheiben Regentropfen herabliefen. Sie trank einen Cognac, was er nie vorher erlebt hatte. Vollkommen ertappt stolperte er weiter, registrierte als nächstes einen Schuh in einem Wassergrab, einen Wanderschuh in einem Aquarium, in dem unablässig Luftblasen aufstiegen – dekorierte Haltbarkeit nach Meinung des Herstellers. Eine Schaufenster-Demonstration. Dahinter erschien das Gesicht des Schuhmachers, der sich mit einer müden Geste über die Augen fuhr, und durchnäßt vom unerwarteten Schauer machte Meyer sich auf den Heimweg. Wann immer er später den Köder des Wortes Café in seinen Sätzen unterbrachte, zuckte seine Frau mit keiner Wimper, schaute glatt durch ihn hindurch.

Er ist matt. Es kommt ihm so vor, als sei sein ganzer Körper angeschwollen, als müsse er erst wieder gängig gemacht werden, bevor er ihm gehorche. Meyer hat viel über viele Krankheiten aufgeschnappt, und ihm schwirren Symptome durch den Kopf, die oft als harmlos verkannt werden: Brennen, Drücken, Ziehen, Krämpfe, Zittern, Schwäche, Ohrensausen, Rötung, Pochen, Pusteln, Übelkeit. All das und noch mehr trägt er ständig mit sich herum wie in einem Känguruhbeutel. Beschwerden auf Abruf, die jederzeit ausbrechen können, wenn er nur an sie denkt. Am schlimmsten aber sind die Viren und Bazillen, die im eigenen Körper zappeln, dieser inflationäre schlummernde Schrecken, der da nicht hingehört. Und dann die Nerven: Gefahr von Fehlschaltungen. Es kribbelt ihn vor Unbehagen, nicht zu wissen, was er hat. Seine Frau war eine geübte Trösterin, die manchmal nichts als ein Taschentuch brauchte, um ihn gesundzubeten. Hatte er jedoch schon zu viele Symptome hervorgezaubert, holte sie den Arzt. Aus dem Getuschel im Nebenzimmer hörte Meyer einmal die Worte Generalisierte

Angst heraus und glaubte, er habe damit einen hohen Rang der Bedrohtheit erreicht. Triumphierend sah er seine Frau an, die lächelte. Sie selbst entwickelte ihr Leiden unbemerkt. Es verschlimmerte sich ohne Warnzeichen, und als die ersten Schmerzen auftraten, war es schon zu spät. Alle Kämpfe konnten nur verzögern, daß sie abmagerte und entschwand, zuletzt mit einem zerknüllten Taschentuch in ihren Händen. Wie sie ihm fehlt!

Zeit, der Toten zu gedenken. Auf dem Friedhof flackern Lichter, und vor den Häusern hat man den armen Seelen kleine Erquickungen hingestellt, falls sie vorbeikommen. Diejenigen, die jemanden verloren haben, richten sich auf seine wesenlose Gegenwart ein. Sie reden mit ihm, schildern ihm, wie es ihnen ergangen ist, nötigen ihn zu bleiben. Kränze aus abgefallenem Laub werden gebunden. Winterabdeckungen werden aufgebracht, damit die Erde nicht friert. Die Toten, für eine Nacht beurlaubt, wehen zwischen alldem umher, wärmen sich an den flackernden Lichtern, nippen an bereitgestellten Gaben, zerlächeln jeden Trost.

Meyer weiß nicht, was aus ihm werden soll. Er hat die Anzeige für einen Ruhestätten-Schutzbrief gesehen. Über das Bild umstürzender Grabsteine spannte sich der Schriftzug: Sicherheit über den Tod hinaus! Soll er so weit gehen? Er hört eine dunkle, schimpfende Frauenstimme aus der Wohnung unter ihm heraufdringen, dann eine helle, die keifend antwortet. Seine Nachbarin, die chronisch in mehrere Personen zerfällt. Begegnet Meyer ihr im Treppenhaus, hat sie sich in der Gewalt, grüßt ihn fest und freundlich mit einem einzigen Gesicht, aber sobald er ihr den Rücken kehrt, ist der Teufel los: Sie flucht eine Oktave tiefer und verwünscht die ganze Welt. Jetzt füllt sie ihre Wohnung mit Stimmen, schreit, daß die Tapeten platzen. Mürbe rutscht Meyer über ihr in seinem Bett. Er zieht sich die Decke über die Ohren, hat aber weiterhin das Gefühl, nicht allein zu sein, sondern eingekesselt von einem Volk aus Irrlichtern, von Nadelstichen der Vergeblichkeit, von krabbelnden Zipperlein, die sich über ihn hermachen und ihn bei lebendigem Leib vertilgen …

400 000 Hautfresser ernähren sich von ihm. Gemächlich kriechen sie durch die warme Dunkelheit des Kopfkissens, durch das Biotop atemfeuchter, verklumpter Gänsefedern, toter eigener Artgenossen, unzähliger Kotkügelchen, kleiner Staubstürme und abgeriebener Hautschuppen, nach denen sie mit ihren pinzettenspitzen Kiefern tasten – Spinnentiere, vor lauter fehlendem Licht weißlich-durchsichtig, beinahe unsichtbar, trotzdem allgegenwärtig als Luftfracht und Schwere im Kissen. Ganzjährig zermahlen sie Winziges zu Winzigerem, können aber, wenn es ihnen während der Heizperiode zu trocken wird, sich totstellen und auf bessere Zeiten warten. Hausstaubmilben. Plumpe ovale Körper auf acht Beinen, kaum gegliedert, ohne Kopf, mit unersättlichen Mundwerkzeugen, die sich durchs Gestrüpp von Federhäkchen, Pilzen und Freßbarem vorwärtsschieben. Erst wenn der Pilz, den sie immer am behaarten Körper tragen und dadurch überall verteilen, die umherliegenden Hautschuppen befallen und verdaut hat, können die Milben sie nutzen. Durchs Futtergitter des Kissenbezugs rieselt jede Nacht über ein Gramm Nachschub in ihre Welt, und ein

halber Liter träumend ausgeatmetes Wasser kommt hinzu als Lebenselixier dieser Kosmopoliten, die sich nachts keinen Schlaf gönnen. Natürlich sichern sie auch die Generationenfolge. Ein paar Monate lang legen die Weibchen täglich ein Ei. Aus ihnen schlüpfen sechsbeinige Larven, unfertige Gebilde, die ein Verwandlungstheater durchmachen, mehrere mikroskopische Rollen spielen, sich zu Proto- und Tritonymphen häuten, bis sie schließlich achtbeinig und ausgewachsen losziehen im behaglich vom Menschenkopf zusammengedrückten Raum und sich sättigen – es sei denn, Trockenheit lege sie lahm. Dann erstarren sie zu Dauernymphen. Nur Beinzipfel schauen unter ihrer Rückenplatte hervor; kein Mund, kein Kiefer zeigt sich in diesem Stadium oval geschlossener Selbstgenügsamkeit, in diesem Zustand mineralischen Gleichmuts, der sie bar jeder Anstrengung zu Staub unter Staub macht, zu Wesen, die ihrem Untergang entrinnen, indem sie ihn scheinbar vorwegnehmen, ihn simulieren als unangreifbare Form. Beinahe zweidimensional geworden, stapeln sie sich im beheizten Wartesaal, ohnmächtig von der Hitze und doch bereit aufzuwachen. Es gibt sie massenhaft. So liegen sie da, zwischen den noch viel massenhafteren Ausscheidungen ihrer Art. Im Laufe ihres Lebens produziert die Milbe das Zweihundertfache ihres Eigengewichts an Kotbällchen. Der Kot zerbröselt und entflieht durch die weiten Maschen des Stoffs, schwebt umher, lagert sich ab im Schlafzimmerstaub, so daß ein Teelöffel davon ungefähr 250000 Kügelchen und 1000 Milben enthält – wer will so große Zahlen überprüfen, wenn sie in so kleinen Dimensionen versteckt sind? Wer will in seinem unbeheizten Schlafzimmer daran denken, wie nah ihm die Natur auf die Pelle rückt? Die Hausstaubmilben parasitieren, ohne ihren Wirt direkt zu besiedeln. Sie begnügen sich mit dem Platz, auf dem er träumt. Dort kriechen sie in der Unterlage herum und fressen den Abfall seiner ständigen Häutungen, vernichten emsig die Überreste der Vortageshülle, die der sich Hin- und Herdrehende abscheuert während des allnächtlichen Bemühens, ein anderer zu werden, im unbewußten Verwandlungstheater, in dem er massenhaft makroskopische Rollen spielt, bevor er wieder aufsteht und im Spiegel die gleiche Person wie gestern erblickt. Das ist eine Last, die sich summiert zu ungeheurer Schwere. Die weißlich-durchsichtigen Milben bilden ein Zehntel des Gesamtgewichts eines Kopfkissens. Mit vorgestülpten Pinzettenkiefern beansprucht die Fauna Rückzugsräume …

Meyer friert und schwitzt zugleich in seinem Bett. Er klappert mit den Zähnen. Der Arzt würde vielleicht von Generalisierter Angst reden, aber nun ist niemand da, der Diagnosen stellt. Das Geschrei in der unteren Wohnung ist Gewimmer geworden. Meyer liegt mittlerweile auf dem Bauch, kann den Kopf kaum noch heben, leidet wie gefesselt in Moder und Staub. Dann und wann niest er, bringt die ganze Matratze ins Wanken. Irgend etwas zieht ihn hinab, macht ihm bleierne Glieder und immer das gleiche Muster hinter zugedrückten Lidern: ein Gittergeflecht. Weiß versperrt es die Sicht, um ihn innen zu halten, simuliert Greifbares, indem es fieberhaft Bilder daran entlang im Kreis spazierenführt. Die Bilder belästigen Meyer wie Druckstellen, er wird sie einfach nicht los.

Wieder und wieder erinnert er sich zum Beispiel an den Mann, über den er gehört hat, daß der seine gesamte eigene Habe zerstört, denn die Verkäuferin im Möbelhaus hat ihm lachend von dieser Sache erzählt, von dieser öffentlichen Kunstaktion namens Zusammenbruch. Der Mann schreddere alles, was er besitzt, Stück für Stück; schon seien zehntausend Dinge zerdrückt, zermahlen und zerrissen worden. Meyer sieht es vor sich, sieht die Einrichtung als Brei entschwinden. Blanker Wahnsinn, gut für die Gummizelle. Ein mieser Spaß. Dieser Verrückte verhöhnt in seinem Dünkel, wieviel Arbeit in allem steckt, wieviel Mühen kristallisieren, um nur ein Quentchen zustande zu bringen. Chaos gibt es mehr als genug. Wer es vorsätzlich vergrößert, indem er alles kleinkriegt, müßte bestraft werden, damit er lernt, was das heißt: Zusammenbruch. Meyer sieht, wie das, was ein Recht hat, da zu sein, weil es da ist, in den Schlund des Formlosen kippt. Sobald er sich so was vorstellt, könnte er verrückt werden. Vom weißen Gittermuster beschränkt, denkt er im Kreis, hofft, daß vor seinem inneren Auge ein Imperium auftaucht, in dem das Vorhandene gewahrt bleibt.

Plötzlich ragen zwei Zauberhüte ins Bild und wackeln ein wenig. Ein Willkommensgruß den Discountkönigen, verkleidet, um wie meistens jeden zu täuschen. Sie haben hohe Hecken um ihre Häuser, aber die kann Meyer in seinem Zustand ohne Mühe durchschauen. Beide Zauberer spielen Golf auf ihrem eigenen Platz, hinter der hohen Hecke. Es ist ein bescheidenes Grün, schon vor Jahren angelegt und nie erweitert. Eigentlich ist es ein Minigolf-Gelände. Reicht ja auch. Die Bahnen sind gerade, die Löcher sauber. Willig rollt der Hartgummiball zur Entspannung. Die Nachbarschaft weiß Bescheid, wer hier zurückgezogen im Bungalow haust, ist jedoch zu keinerlei Auskünften zu bewegen. Am Klingelschild, Simsalabim, fehlt der Name. Freigeschnitten werden könnte es übrigens auch mal. Sind die Brüder überhaupt da? Meyer sieht sie, die Herren Leberecht, deren Zauberhüte – in Wahrheit leere, umgestülpte, mit Sternen beklebte Schultüten – ihre Ohren so stark abdrücken, daß sie bequem einen Bleistift dahinter festklemmen können, was sie auch tun. Dazu tragen sie Verkäuferkittel. Ihre Schuhe sind abgelaufen, aber geflickt. Unter den Kitteln dringt schreckliches Magenknurren hervor. Die beiden lassen die Golfschläger sinken, schauen sich an. Zeit zum Essen. Sie gehen ins Haus. Spinnenfinger holen aus einer Packung, die im Laden runtergefallen und aussortiert worden ist, je ein teilweise ausgelaufenes Ei und legen es ins aufbewahrte Kochwasser vom Vortag. An der Wand schlägt eine Uhr zwei Mal, obwohl es drei Uhr ist. Ansonsten Stille. Dann tanzen die Eier im Topf. Auf und ab hüpfen sie, machen große Sprünge in kleinsten Verhältnissen, auf und ab. Schließlich sind sie hart geworden. Jeweils zehn Spinnenfinger pellen ein Ei und schieben es in den Mund, der die Hälfte abbeißt. Die übrige Hälfte wird aufgehoben. Sie kommt in den Schrank. Solcherart gestärkt, zieht der eine Leberecht den Bleistift hinter dem Ohr hervor, um Warenkalkulationen nachzurechnen, und der andere bricht auf in die Konzernzentrale. Was er nicht ahnt: Vor der hohen Hecke lauert sein Entführer. Meyer könnte schreien – alles umsonst. Sobald der Mann, der nicht zaubern kann, das Gartentor verläßt, wirft sich der Maskierte auf ihn und stößt ihn ohne viel Gegenwehr in einen Kofferraum. Jetzt beginnt die Fahrt ins Nichts, auf und ab, auf und ab, durch Schlaglöcher, wer weiß wohin. Ein Magen knurrt. Als der Entführer sein Opfer auspackt, mustert er es verstört. Sie – der König?, fragt er immer wieder. Leberecht zupft an seinem Kittel, rückt die Schultüte zurecht und ist zufrieden mit der perfekten Mimikry, die beweist, wie wenig dünkelhaft er ist. Nur um die Überraschung auszukosten, zeigt er dem Entführer seinen Ausweis. Also kommen die erpresserischen Forderungen aus dem Versteck. Der zweite Leberecht, der seinen Bleistift noch in der Hand hat, braucht die Sache gar nicht erst durchzurechnen, sondern beginnt sofort um seinen Bruder zu feilschen. Einen Sack Lösegeld liefert er auf keinen Fall. Nach zähen Verhandlungen wechselt ein Kinderstrumpf voller Geld den Besitzer, und der Entführte, kaum wieder zu Hause, ruft den Steuerberater an, weil er das als betriebsbedingte Aufwendung absetzen möchte. Die Hecke ist zwei Millimeter gewachsen, und noch immer sieht Meyer sehnsüchtig hindurch auf den Bungalow, den grünen Rasen und die beiden reichsten Männer des Landes, die bescheiden den Hartgummiball im Loch plazieren.

Muß sein Glück, alles zusammenhalten zu können, als Reflexion auf dem Augenteich zittern? Muß es dort schwanken, benetzt vom Tränenfilm? Wird es immer nur Widerschein bleiben?

Meyer ist überhitzt. In der feuchten Wüste seines Betts sammeln sich Lachen. Prosperierender Trug fährt Karussell mit ihm in einer Art glühendem Dunkel, aus dem dann und wann weiße Striche aufblitzen. Schwindel! Lediglich ein paar aufgeschichtete Ziegel behüten den schlimmen Schlaf. Es gibt keinen Hausmeister. Wer also sollte das Drehen anhalten, von dem Meyer so unerbittlich übel ist? Während er in seinem Schweiß liegt, verdörrt er von innen, haucht eine flirrende Vision nach der anderen aus, und sie flimmern halbherzig vor ihm und winken. Vielleicht ist das nicht das richtige Leben? Der Wetterradar zeigt Niederschlagsechos, sie ziehen heran. Das ganze Zimmer ist tapeziert mit stehengebliebenen Wanduhren.

Leichtes Spiel fürs Y, diesen Unfug zu hintertreiben. Eben tollte es noch durch den ersten Schnee, fraß große nasse Flocken, die gleich wieder schmolzen, ließ sich durchpusten, abgemagert vom Wind. Jetzt ist es da, um Meier beizustehen in der Stunde, in der Strümpfe billiger werden. Er atmet auf, als er spürt, daß es ihn aus dem Bett zieht. Hui, das Y! Schultert Meier, der fast nichts mehr wiegt, und trägt ihn davon. Es reibt ihm Gesicht und Füße mit Schnee ein. Meier erinnert sich, daß gerade die Aktion 5 Paar Strümpfe zum Preis von 1 Paar startet, aber er ist zu schwach, um sich bis zu den Wühltischen durchzuschlagen. Statt dessen klammert er einen kalten Ball aus weißem Matsch zusammen und will damit das kichernde Y treffen – ein Ding der Unmöglichkeit. Bewegte Uhren gehen langsamer!, ruft es geheimnisvoll. Es weicht Meiers Würfen aus. Welche Spielregeln gelten hier eigentlich? Die beiden geistern über einen verlassenen Sportplatz, dessen Aschenbahn suppt. Fußabdrücke von Siegen und Niederlagen sind vollgelaufen, Schrammen glänzen, die Ziellinie löst sich auf. Auf den Zuschauertribünen hocken weder aufrechte noch zusammengesunkene Gestalten. Sämtliche Schreie sind verbannt vom Platz. Leere Tore fangen Böen, klappern erbärmlich mit ihrem Netzgeflecht, um sie zu halten, rosten an aufgeplatzten Stellen des Rahmens und bleiben doch stehen, auch während dieser Verlängerung, die vielleicht nie abgepfiffen wird.

Seit sein Y ihn entführt hat, hellt Meiers Gewitterhirn sich auf. Er zieht seinen Trainingsanzug zurecht und beginnt, Kniebeugen zu machen. Zurück im Spiel. Er fiebert dem Moment entgegen, in dem man ihn einwechselt. Läuft auf der Stelle. Geht doch! Die Königsdisziplin, Kosten abzuwehren, bezwingt sogar Krankheiten. Wer glaubte, der Ausputzer wäre abgeschrieben, hat sich verrechnet. Er und sein Y trippeln im Strafraum, stellen Situationen nach zur Übung, knoten sich ineinander zu manchem bösen Foul, keuchen. Nächtliche Triebtäter. Sie erschüttern die gebrechliche Erde durch Exzesse der Normalität. Werfen schmale Schatten. Sind beseelt vom Ringen. Mondlicht versilbert den Ausflug, der die überfrierende Nässe zum Knirschen bringt.

Jetzt flieht das Y aus dem Gerangel und hechtet mitten auf den Platz, aufmerksamkeitsheischend, als hätte es Anstoß. Meier blinzelt. Das Y streckt sich in rasender Zellteilung. Unsportlich, so zu wachsen! Schon orgelt der Wind auf dieser Hungerharke, und Meier kommt neugierig näher, weil er trotz seiner trüben Augen an ihrem Fuß etwas sieht, was eben noch nicht da war. Und wirklich: Da glitzert ein geschliffener Stein, in dessen Innerem Wasser schwappt, als Meier ihn aufhebt. Ein guter Schluck, versiegelt in milchiger Höhlung. Eine Druse im Achat. Das Y übertrifft sich selbst mit seiner Gabe, denn Meier weiß, daß seine Frau so einen Wunder-Achat besaß, als er sie kennenlernte. Irgendwo schlägt es Mitternacht. Das Y schwankt. Auch das noch! Langsam kippt es nach hinten weg, bis es flachliegt, bietet ihm seine zwei Arme als Wegscheide. Der eine Weg ist ein schwarzer Strich, an dessen Ende ein goldenes Portal wartet; der andere, erhellt von gelbem, gemütlichem Licht, das aus Fenstern fällt, führt ins Schwarze. Was für eine Fata Morgana. Er soll sich entscheiden, solcherart auf die Gabel gespießt? Hilfesuchend wandern seine Augen die Zuschauertribünen entlang. Niemand da. Schluß mit der Märchenstunde! Meier muß dahin, wo die Strümpfe billig sind. Also macht er auf dem Absatz kehrt, nimmt den dritten Weg, indem er versucht, zurück nach Hause zu kommen. Sein Y, mit dem Boden verwachsend, hat noch die Kraft, ihm etwas nachzuflüstern. Es klingt wie: Abseitsfalle.

DEZEMBER

Am Kanal, der einmal ein Fluß war, liegen gefrorene Hundehaufen in fast metallischer Dämmerung. Täglich abgesetzt, sprenkeln sie die Böschung, akkumulieren. Die harte Währung des Schmutzes ist beständig. Sie lagert im Panzerhaften, mit sprödem Weiß überkrustet. Der Winter knausert. Unkräuter, aus warmen Ländern hierher entkommen, um den einheimischen Blick zuzuwuchern, sind eingezogen; nur Gräser sind noch da, tragen Rauhreif auf ihren Schwertgerüsten wie Beläge auf Zungen. Es ist eiskalt. Ungerührt von erstarrten Kreisläufen drehen sich die Rotoren der Windräder. Säbeln Strom aus der Luft. Sirren gedämpft. In vager Entfernung bellen zwei Füchse, halten Kontakt während ihrer Jagd.

Der Kanal ist zugefroren. Tierfreunde haben an seinem Rand, in einer Ausbuchtung, ein Loch aufgehackt, damit die Schwäne noch offenes Wasser finden, und tütenweise Brot ausgeschüttet. Alle Schwäne der Gegend drängen sich dort, alte wie junge, schwimmen oder stehen zwischen eingeweichten Brotkrumen. Sie geben keinen Laut von sich. Manche putzen ihr Gefieder. Manche schlafen auf einem Bein, den Kopf unter den Flügel gesteckt. Manche treiben auf dem schwarzen Wasser. Es ist eng zwischen ihnen. Im fahlen Licht bilden sie einen Haufen, der Federn verliert, aber keinen Ton. Stumm halten sie zusammen. Dabei umschließen sie einen Gegenstand, der in ihrer Mitte gestrandet ist: Bis zu den Rädern untergetaucht, verkantet und schräg gekippt, steckt ein Einkaufswagen im Eisloch. Er ist grau und leer. Obwohl er fortgestoßen worden sein muß, sieht es aus, als wäre er freiwillig ins Wasser gegangen, als habe er eigenmächtig Schluß machen wollen und statt dessen Gesellschaft gefunden, die nicht nach seiner Herkunft fragt. Aus der flachen Freiheit, gesäumt von der Vogelmasse, ragt er fremd integriert auf. Ohne sich zu verwandeln, hat er sich verwandelt, badet an der Grenze seiner Form, ohne daß sie ihn schluckt. Sein Metallkorb harrt im Gefälle. Die Uferzone ist abschüssig, führt rasch in die Tiefe, in der das Wasser der unergründlichen Anomalie frönt, den eigenen Gefrierpunkt zu ignorieren, auch bei Frost flüssig zu bleiben, dadurch Leben einzuräumen …

Flußbarsche und Plötzen stehen dort unter dem Eis, zurückgezogen in ein Refugium, stets 4 Grad warm, und blicken benommen in die schwache Strömung. Starre, hartstrahlige Rückenflossen. Langsame Schläge mit der Schwanzflosse. Rote Augen. Halb bewußtlos treiben sie in Gruppen über dem Grund. Sie sind in ihrer Winterlage. Was sie jetzt brauchen, ist angefressenes Fett, sind Reserven aus besseren Zeiten, rund um die schlafenden Innereien gepackt. Mit abgesenkter Körpertemperatur warten sie scheintot auf den Frühling, von dem sie in ihrer jetzigen Lage nicht wissen können, ob er wiederkommt. Was ist Winter? Was Frühling? Ein Korsett festigt oder lockert sich. Dämmerung und Sonnenflecken wechseln sich ab. Mal verarmt die Welt bis auf die Schuppen und das matte Fächeln des Nachbarn, mal reicht sie ein Mosaik aus Reizen, gelöst im dichten Medium, schmeckend, tönend, drückend. Immer öffnen sich Mäuler, als kauten sie das Unvermeidliche, immer spreizen sich Kiemendeckel ab und legen sich wieder an, holen Sauerstoff ins Blut und arbeiten am Fortgang.

Die Plötzen berühren mit ihren Bauchkanten den Boden. Das weckt sie auf. Geringfügige Ereignisse, die einzigen unter der Eisdecke, schieben sie manchmal zurück ins Zeitlupendasein. Gedrungene Körper wenden. Der Schwarm orientiert sich. Es riecht nach Nahrung. Auf Lippen, Kopf, Seiten und Flossen sitzende Geschmacksknospen melden ein Zubrot, eine Offerte, die im Einförmigen schwebt und nicht ausgeschlagen werden sollte. Verrottende Pflanzenteile treiben vorbei, den Plötzen direkt ins Maul. Besser als nichts. Lieber stöberten sie nach Plankton, Würmern, Insekten, Schnecken oder Muscheln, doch gelähmt von kalter Spärlichkeit begnügen sie sich mit losgerissenen, schwammig gewordenen Armleuchteralgen, die ihnen jetzt im Magen liegen und kurz die Kraft geben, etwas wacher zu sein. Längs ihrer Flanken läuft unter einer Reihe durchbrochener Schuppen ein flüssigkeitsgefüllter Strang über ihre Seite; feinste Sensoren lauern darin. Härchen erzeugen Nervensignale. Dieser Ferntastsinn malt ihnen ihr Wohngewässer aus. Die Seitenlinien registrieren jede Schwingung, das Fächeln der Schwarmgenossen, das andere Fächeln der Flußbarsche in Reichweite, Nahen von Räubern oder Beute, die Strömung, Wellen, die sich von Hindernissen aus fortpflanzen. So navigieren sie im trüben. Fische im Wasser. Während des Winters: homogene Betäubung, kaum Bandbreite, kaum Schwankungen, einschläfernde Monotonie, Grundrauschen des Überlebens. Die anspruchslosen Plötzen kommen zurecht. Sie dösen. Mit knapp undulierendem Geschlängel, periodisch ihre Schwimmblase regulierend, halten sie sich am Rand des Kanals in hydrostatischem Gleichgewicht. Ab und an knackt es über ihnen. Risse im Eis. Nahe der Oberfläche, für sie unauslotbar, ist ein kapitaler Karpfen eingefroren. Importiert aus wärmeren Ländern, um die einheimischen Angler zu erfreuen, eingesetzt in den Kanal, in dem er nicht wirklich existieren kann, wußten seine Instinkte nicht genug über die Anomalien des Wassers. Bis zum Schluß trieb er sich an der immer zäheren Oberfläche herum, statt sich auf den Grund absinken zu lassen. Dann war es zu spät. Das Eis schloß ihn ein. Seine Zellen gefroren und platzten. Gut konserviert hängt er hoch über den Plötzen und Flußbarschen, die Barteln ohne Rückmeldung ausstreckend, das Maul gerundet zu einem langen O. Sein Fatum umklammert ihn, stellt ihn dabei zur Schau wie die Galionsfigur einer gestrandeten Unternehmung …

Nicht weit davon zischen die bisher stillen Schwäne. Sie haben die jagenden Füchse entdeckt, die in einer größer werdenden Spirale näherkommen, und machen sich bereit aufzufliegen. Als die schwere Wolke ihrer Leiber losflattert, stoßen einige von ihnen doch noch gegen den Einkaufswagen, so daß er umkippt und gänzlich versinkt. Pfeifend gewinnen sie Fahrt. Den Windrädern ausweichend, halten sie auf die ersten Häuser zu, überqueren Vororte und Randgebiete, allesamt tüchtig illuminiert. Umrisse sind mit Licht gezeichnet. Helle Ketten ziehen sich an den Kanten der Häuser entlang, machen simple Würfel aus ihnen, als wolle man sie Kindern erklären. Bäume glühen. Ortsfeste Sterne explodieren und sind weg, explodieren wieder und sind da. Die Vögel lassen sich nicht verwirren. Sie folgen den Bildern, die sie dunkel abgespeichert haben, obwohl die strahlende Agglomeration unter ihnen scheinbar elektrisiert ist vor Freude.

Meyers Musikanlage läuft. Sie beziffert verrinnende Minuten in Leuchtzahlen, anwachsend und periodisch auf Null zurückgesetzt. Tenor Wunderlich singt wieder für ihn, wandert durch eine Landschaft, in der Wolken sich auftürmen und auflösen, Haufen und Gesichtsausdrücke bilden, durch die der blaue Urgrund vielfach hindurchschimmert, wattige Haudegen, die in einem riesigen Brustraum in sämtlichen Schattierungen der Tonskala treiben, an den Rändern aussetzend ins Unsagbare. Ach, Wunderlich. Er singt, wie es sein müßte. Er weiß, daß alles anders ist, singt trotzdem und kann den Riß füllen. Sein göttlicher Gesang schwebt im Zimmer, ortlos treu. Wie ein Wetter macht er sich breit. Meyer erliegt diesen erhöhten Ozonwerten von Schönheit und Bedrohung, und Schauer kriechen ihm über die Haut, obwohl er seine verschossene Karodecke über sich gezogen hat. Die Atmosphäre ist gewürzt mit Aufwinden. Wunderlich kannte Klüfte und den Himmel über ihnen, nur den eigenen Sturz vermochte er nicht vorauszusehen, blind wie jeder. Schluß. Der Datenträger ist abgespielt.

Es ist die Zeit zwischen den Jahren. Meyer hat Weihnachten in einem Totstellreflex überstanden, hat Strophenlieder durch die Wände dringen gehört, die er partout nicht hören wollte, war beinahe erleichtert, als vom Fußboden her das Geschrei der in mehrere zerfallenen Nachbarin aufstieg und die vorhersagbaren Chöre ersetzte durch böse, schwer verständliche Ausrufe. Bloß keine Kerzen oder Kugeln, in denen sich das von Kerzen erwärmte Zimmer klein und konvex vervielfacht. Da kriegt Meyer keine Luft. Glanz verursacht ihm Asthma. Besser, wenn alles normal ist. Fernseher, Musikanlage, Sessel, frühe Dunkelheit, schwacher Lampenschein. Er greift nach dem einzigen Weihnachtsgeschenk, das er bekommen hat: einem Wandkalender. Seine kontoführende Sparkasse hat ihn ihren Kunden überreicht mit guten Wünschen, und jetzt blättert er ihn einmal durch. Die Natur, die er liebt, bringt sich ihm flüchtig in Erinnerung. Hier ist sie, nicht in Gestalt ihrer lyrischen Großobjekte, sondern als Parzelle voller unbearbeiteter Ecken, in denen Details leben, ungewußt, zäh verfilzt im Namenlosen. So ein Kalender zeigt, was auch existiert.

Meyer schaut. Er sieht einen nackten Baum, übersät mit trockenen Früchten. Warum will er sie nicht hergeben? Auf dem nächsten Bild ringeln sich Mikrowürmer durch die Erde und zerkauen wohl jedes einzelne Atom, bevor sie es wieder ausspucken. Welche schreckliche Beweglichkeit unterhalb der Sichtschwelle, welche Umwälzungen, die sogar Krümel erdulden, während der Boden stabil scheint! Trotzdem bauen die Vögel jedes Jahr ihr Nest. Zwei schwarzweiße balancieren mit Zweigen, die länger sind als sie selbst, auf dem wulstigen Rand ihres Kobels, haben keinen Plan, aber reüssieren doch, denn schon ist eine ganze Wanne aus Astwerk unter ihnen entstanden. Und dann fliegen Pollen.

Der Moment ihres Aufbruchs, vergrößert durchs Objektiv, gleicht dem energischen Ausschütteln eines Staubtuchs. Unmengen dieser Missetäter machen sich auf einmal von den Blüten los, sind kurz darauf überall, wo Luft ist, und bringen sich als Niespulver an den Mann. Angesichts dieser lästigen Auswüchse der Natur blättert Meyer weiter. Ein Käfer mit einem regelrechten Gesicht kommt auf ihn zu, die braunen Flügeldecken ausgebreitet. Dick und erstaunt im Äther brummend, streckt er seine Antennenarme aus und erinnert Meyer an durchlöcherte Schuhkartons und Krieg. Waren das Maikäfer? Früher gab es sie pfundweise. Heute: verschwunden. Halb so schlimm. Dafür hält sich der Piepmatz, der sich dicht an eine Mauer klammert; Meyer hat ihn schon oft unterhalb von Dachrinnen gesehen. Jetzt findet er ein Lieblingsmotiv: Die grüne Laterne der Sommernacht, das Glühwürmchen, entzückt ihn. Sein Leuchten, nachhaltig und aus eigener Kraft erzeugt, geht ihm zu Herzen wie ein unerwartetes Tüpfelchen auf dem i. Hier morst es von einem Grashalm aus Glück in Meyers mäßig beheizte Stube. Grußlos ist es da. Er glaubt, Grillen zu hören. Er glaubt, er ist behext: So genau wollte er die Kröte nicht sehen, deren Auge ihn anstarrt. Zwar hat sie ein Goldkettchen rings um die Pupille, aber auch feuchte Warzen und krumme Beine. Schnell weiter. Giftig prangende Beeren, gedrängt an einem Stiel über Waldboden. Schnell weiter. Spinnennetze aus Haut, atemberaubend verdreht, weil sie dabei sind, eine Motte aus dem Finstern zu keschern, und zwar direkt ins Maul eines Vampirs, der sich spitzzahnig auf sein Opfer stürzt. Eine tausendstel Fledermaussekunde,

Schrecken, der normalerweise grazil durchs Bild huscht, per Blitz enthüllt. Weiches Fell und Krallen. Unheimlich. Als nächstes betrachtet Meyer ein Ungeziefer, das er nicht kennt. Er will es auch nicht kennenlernen, darum liest er gar nicht erst die Legende, die auf die Rückseite des Blattes gedruckt ist. Lieber guckt er sich lange die Fische an, diese kaltblütigen Gesellen, die während des Winters offenbar unter dem Eis stehen und abwarten können, mit stoisch gedrosselter Kraft ertragend, daß das Leben arm und eng wird. Davor zieht Meyer innerlich den Hut. Die Natur weiß sich doch immer zu helfen. Er klappt den Kalender zu.

Auf dem Titelbild, bisher nicht von ihm beachtet, sitzt ein Vogel vor einem seltsamen Gelege. Irgend etwas stimmt da nicht. Eins der Eier fällt raus, erdrückt die anderen mit seiner Fremdheit. Der Vogel, Meyer ins Auge fassend, nimmt es hin. Ist das ein Kuckucksei?

So was Dummes aber auch: Meyer hat nichts mehr im Haus. Er wird noch mal rausmüssen, wenigstens bis zum nächsten Kiosk, um eine Kleinigkeit zu essen zu holen. Noch fesselt ihn Pfarrer Schmiege, den er im Hintergrund ohne Ton hat predigen lassen, jetzt aber laut stellt, aufgestört durch das Insert: Ausweglos betrogen. Schmiege liest gerade den Abschiedsbrief einer jungen Frau vor, die sich umgebracht hat, weil sie ihren Kredit nicht zurückzahlen konnte. Ihr Anwalt erklärt, wie man die Frau über den Tisch zog. Wie Machenschaften, sittenwidrig bis kriminiell, Lebensträume zerplatzen lassen. Wer nicht kämpft, geht unter, hört Meyer. Er weiß, daß behandschuhte Schatten um Keller schleichen, nach Schwachpunkten suchen, die sie mit brutalen Hämmerchen aufklopfen, kurz lauschend innehalten, ob jemand hellhörig geworden ist, dann behutsam ins Innere greifen und sich Zugang verschaffen, schnell ertastend, wo die Werte lagern, und beginnen sie auszuräumen, wobei einer, der ihnen im Schlafanzug in die Quere kommt, dort endet, aufgeschlagen in seiner eigenen Blutlache – später im Fernsehen vorgeführt, ein ungelöstes Aktenzeichen. Solche Fälle beschäftigen Meyer mehr, als er zugeben möchte. Er kann nicht aufhören, hinzusehen, kommt nicht mehr aus dem Sessel hoch, sondern starrt auf die Gestrandeten, die nah und übergroß vor ihm auftauchen wie Galionsfiguren. Seitlich von Schmiege sitzen ganz in Schwarz die Eltern der toten Kreditnehmerin und halten sich an den Händen, während er sie ausfragt. Sie sind sehr tapfer. Obwohl der Pfarrer auf die Tränendrüse drückt, bis ihm selber die Stimme bricht, weinen sie nicht einmal, als das Bild ihrer zarten blonden Tochter eingeblendet wird. Meyer sieht sich selbst da liegen, niedergestreckt, von Verbrechern erledigt, die mitnehmen, was zu holen ist, sogar Rücklagen, die sie hinter Kurzgardinen wittern, ohne Mitleid für Meyer, der umgeknüppelt in seinem Blut liegt und spürt, wie ihm Tränen aufsteigen. Sein Besitz: geplündert, als würde er gepfändet. Und er? Im Keller, in der Waschküche, auf Beton aufgeschlagen beim Versuch, den Helden zu spielen. Ein Wasserkessel pfeift, während ihm der Mut entrinnt, Zugriffe abzuwehren, indem er Rechnungen erst im letzten Moment begleicht und vor allem dem Staat nichts schenkt, denn der ist der gemeinste Ganove. Mit vorgehaltener Waffe nötigt er Meyer jährlich zum Hergeben, aber der ließ sich das bisher nicht gefallen und verschleierte tapfer, was er hat, packte es in Köfferchen und brachte es eigenhändig über eine Grenze in Sicherheit. Das war nicht ohne, doch immer noch besser, als kampflos unterzugehen. Jetzt hat es ihn erwischt. Nachdem er das leise Klirren und die Schritte hörte, lief er seinen Peinigern direkt in die Arme. Sie wissen, daß sie etwas finden werden. Sie finden immer etwas. Als erstes zerhauen sie Meyer, daß er in Stücke fällt, ausweglos betrogen. Dann nehmen sie ihm seinen Hort weg. Er wimmert. Muß es so enden? Ganz in Schwarz? Auch er machte sich einmal zarte blonde Hoffnungen auf einen Kredit, den man ihm unbeschränkt gewährt, ohne ihn totzuschlagen. Adieu, schöner Traum. Bist wohl sittenwidrig. Erst der Kessel, der an der Schmerzgrenze pfeift, bringt ihn zur Besinnung: Er liegt nicht in seinem Blut. Schmiege umarmt gerade das traurige Elternpaar und sichert sich rechtlich ab gegen deren Behauptungen. Der Justitiar des Senders tritt auf. Meyer zieht den Kessel vom Herd, um sich einen Kaffee zu brühen.

Als er die Haustür öffnet, beobachtet ihn von gegenüber ein Wolfshund, fixiert ihn mit verlangsamter, dicht gewordener Seele. Sonst ist niemand auf der Straße. Sternbilder aus in Reihe geschalteten Glühbirnen schwanken leicht, hängen quer über den Weg gezogen, an Hauswänden befestigt. Geräumter Schnee türmt sich auf zu verbackenen Wällen, zwischen denen schmal und glatt ein Rest des Bürgersteigs übrigbleibt, auf dem Meyer mehr schlittert als geht. Weihnachtsmänner klettern an Fassaden hoch; immer auf die gleiche Weise ertappt, zwinkern sie unter Balkonen und Fenstern von ihrem reifverkrusteten Seil. Über ihnen blinkt es. Stromzufuhr speist Leuchtertreppchen und bunte Kometen, sich ein- und ausrollende Wirbel und Netze aus Glitter. Fast alle Flächen sind geschmückt, als wollten sie den Beschauer in die Tiefe eines Gefühls ziehen.

Meyer passiert den Supermarkt, bei dem er nicht kauft, weil er ihm zu teuer ist. Vor dem Eingang steht ein kleines elektromechanisches Pferd, auf dem oft Kinder reiten, jetzt verlassen und schickt in regelmäßigen Abständen einen Lockruf und einen Glanz aus, der an Meyer abprallt und ihn dennoch hinterrücks überfällt, scheint er doch aus seinem vergessenen ersten Lesebuch entsprungen. Damals erschütterten ihn Runzelpünktchen, ein Zwerg, der in ein Zuckerfaß gerät und um sein Überleben strampelt – und das armselige, aber leuchtende Pferd Jojo, das Kinder und Zwerge aus Notlagen trug. Genau wie das Pferd vor dem Supermarkt agierte Jojo in Kniehöhe, dort, wo die Maßstäbe noch beweglich sind, sich ständig verschieben wie Zuckerkörnchen, von einem Zwerg durcheinandergewirbelt. Meyer kraust die Stirn vor lauter Erinnerung. Er kommt am Pausenhof der Schule vorbei. Manchmal hat er hier Schüler Du Opfer! schreien gehört, diesen Ruf nie verstanden.

Auf dem Marktplatz wedelt eine riesige Tanne mit Lametta. Honoratioren haben sie liegend anliefern lassen, waren dann dabei, als sie aufgerichtet und behängt wurde. Obwohl niemand außer Meyer sie registriert, strahlt sie stellvertretend für ein ganzes Gemeinwesen. Dahinter, am Rand des Platzes, ist der Kiosk, zu dem er will. Auch der ist geschmückt, vergeudet die wenigen Sichtflächen, die er hat, um Angebote zu machen für unverkäuflichen Talmi. Eine

Lichtpyramide füllt eines der Fenster völlig aus, bildet ein leuchtendes Dreieck, das vom Pächter, der darunter mit aufgestützten Armen auf seiner Durchreiche lehnt, wiederholt wird, indem er ein dunkles Dreieck bildet. Stumm nimmt er Meyers Wunsch nach einer Bratwurst entgegen. Während er wartet, liest Meyer die Zeitungsschlagzeilen. In einem Café wurde ein Frühchen in einem Abfalleimer entdeckt. Außerdem: Abstürzender Schwan traf Passantin. Meyer bekommt die Wurst auf die Hand. Kauend entfernt er sich vom Kiosk, um dort nicht festzufrieren.

Was machen die anderen? Sie verlängern die Feiertage. Meyer beobachtet eine geschlossene Gesellschaft, die sich hinter Glas vergnügt, tanzend, trinkend und schwitzend. Zusammen in die Wärme gesperrt, freuen sich Menschen aneinander, erzählen wahrscheinlich Witze, schieben sich über Parkett, geben sich gegenseitig Feuer. Das Fest ist in vollem Gang, hat schon die hochrote Fröhlichkeit des Flaschendrehens erreicht, denn einigen Gästen fehlen die ersten Kleidungsstücke. Mehr oder weniger blau angeln sie nach ihren Schuhen, die ein anderer auf dem Kopf trägt, verpfänden so viel von sich, bis sie nur noch Schemen sind, auf denen leere Schneckenhäuser wippen, stoßen gegen einen warmen weißen Widerstand, der mitten im Gewühl steht, aufragt und atmet. Wie Runzelpünktchen klebt Meyer außen an der allmählich beschlagenden Scheibe. Er sieht den Dingen in die Augen; er benutzt Frischhaltefolie; er erkennt, daß im Zentrum des Frohsinns ein Pferd steht. Abgehalftert, in seinem Winterfell, döst ein weißer Kaltblüter unter den Leuten. Ein Brauereigaul, der frei hat und sich erholt vom

Druck der Schellen, die jeden seiner Schritte begleiteten. Die Party stört ihn nicht. Mit halbseitig eingeknickter Hinterhand kaut der Schimmel schläfrig ein Stück Zucker.

Noch immer in der Kälte unterwegs, hört Meier seine Zähne klappern unter dem mageren Erdmond. Das einzige, was ihm keiner nehmen kann, ist sein Y – es wird ihm noch auf dem Grabstein bleiben. Gerade hängt es ihm über der Schulter und bindet zwei Schuhe mit Kufen. Er setzt den ersten Fuß auf den Kanal: Das Eis trägt. Es schimmert spröde. Die Kristallgitterstruktur wahrsagt Meier, er werde auf ihr dahingleiten, links, rechts, links, rechts, in leichtem, gleichförmigem Schaben, flankiert von den struppigen Gedankenstrichen der Bäume, die im Vorbeihuschen verfilzen zu einer Wand, hinter der fast unsichtbar gleichauf ein Wolf trabt. Meier fällt ein, daß irgendwo da oben der Pistolenstern ist, tausendmal heller als unsere Sonne, von Nebel in Form einer Pistole umhüllt. Er gleitet auf schabenden Kufen. Er gleitet über den in eisiger Vitrine erstarrten Karpfen hinweg. Links, rechts, links, rechts. Der Kanal überfriert seine Schleifspuren, als wäre Meier nie hier gewesen. Dann färbt er sich bunt: Am Himmel explodiert das Feuerwerk eines neuen Jahres, übergießt den Schlittschuhläufer mit dem ganzen Spektrum hochschießender und zerplatzender Zukunft, taucht ihn in knatterndes Licht.

In Meyers Ohren sind das Fehlzündungen. Sie warnen ihn. Er kennt die Tricks der Benzinbosse zu Genüge, immer dann die Preise anzuheben, wenn er schon auf Reserve ist, also zum Beispiel jetzt, deshalb muß er dringend bald wieder ins Nachbarland fahren, um zu tanken.

Patricia Görg

Tote Bekannte

Zeitgeschichten

Eine Art zeitgenössische Archäologie: Geschichten aus dem europäischen Gedächtnis treten wieder zutage, sind aber nicht mehr das, an was wir uns zu erinnern glauben. Fakten kippen ins Groteske; die Historie singt Elegien; manches endet als böses Märchen. Honecker, die Royals, Mitterrand und Ceaușescu kommen uns nur zu bekannt vor, doch wenn wir ihnen hier noch einmal begegnen, wird uns unsere eigene Zeit fremd.

»Die Sprache von Patricia Görg hat die Präzision der wahren Poesie.« *Süddeutsche Zeitung*

BERLIN VERLAG

Patricia Görg

Meer der Ruhe

Ein Abenteuerbuch

Hausfrauen, Philosophen, Forscher, Rentner, unterwegs mit dem atomgetriebenen U-Boot Nautilus oder mit der Einkaufstasche, zum Ruhm, zum Nordpol oder zum Tod. Philosophen stechen in See, Ernst Haeckels Boot schaukelt in den Küstengewässern, im Eis Gestrandete kämpfen sich im Kreise vorwärts.
Neun wunderbar schwebende, einfallsreiche, lebenskluge Texte zur ewigen (Irr-)Fahrt des Menschen auf dem sprichwörtlichen Meer, samt Schiffbruch mit einigen Überlebenden. Ein veritables Abenteuerbuch!

»Görg hat eine eindrucksvolle Sprachkraft, eine gezügelte, streng poetische Kraft, mit der sie das Meer beobachtet, seine für den Menschen gefährliche Energie und ewige Gleichgültigkeit.« *Die Welt*

BERLIN VERLAG